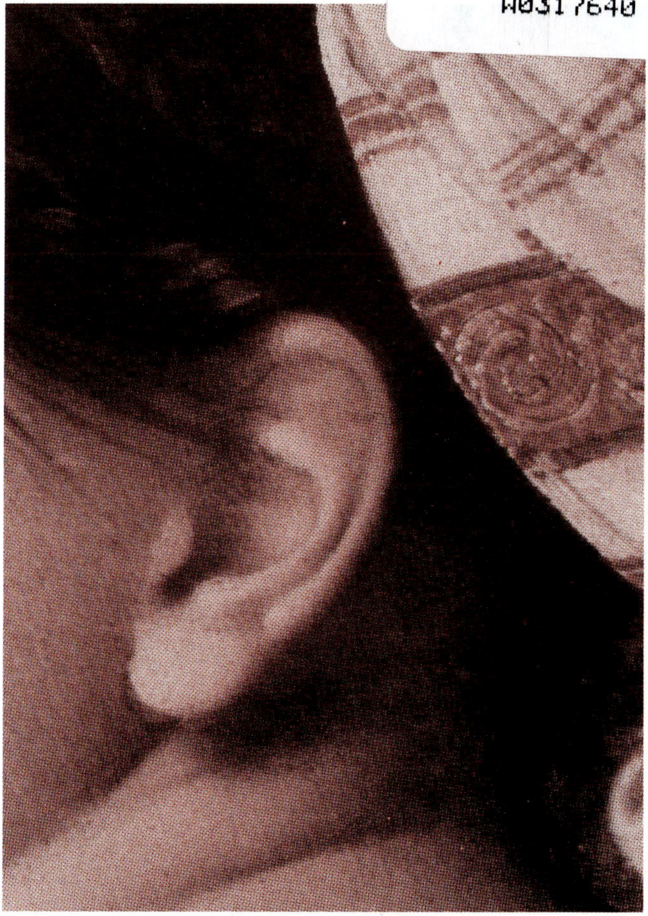

CIP-Kurztitelaufnahme der Deutschen Bibliothek:
Tawada, Yoko:
Ein Gast: Roman / Yoko Tawada. — Tübingen:
konkursbuchverlag Claudia Gehrke, 1993

ISBN 3-88769-069-9

Impressum

PF 1621 · 72006 Tübingen
Tel. 0 70 71 / 6 65 51 · Fax 0 70 71 / 6 35 39
Satz: typografic Tübingen
Druck: Landerdruck Bad Urach
Die Arbeit an diesem Werk wurde von der
Stiftung Niedersachsen im Rahmen ihres
Autorenförderungsprogrammes unterstützt.
Die Originalsprache des Textes ist deutsch.

# Yoko Tawada
# Ein Gast

konkursbuch VERLAG CLAUDIA GEHRKE

# 1

An einem Nachmittag im Winter — ich hatte Mittelohrentzündung — ging ich durch einen Fußgängertunnel, der von einer S-Bahnstation zu einer Einkaufsstraße führte. Ich hatte um drei Uhr einen Termin bei meinem Ohrenarzt, dessen Praxis am Ende der Einkaufsstraße war. Wie spät mochte es jetzt sein? Kurz vor dem Eingang zum Tunnel hatte ich eine Uhr an der Außenwand eines Kiosks gesehen. Dieser Uhr fehlten die Zahlen drei und sieben. Neben der Uhr stand ein Mann, der gerade aus seinem Werkzeugkasten die fehlenden Zahlen herausholte, um sie auf dem Zifferblatt zu befestigen. Die Frau im Kiosk rief ihm zu, daß es schön sei, wieder die richtige Uhrzeit sehen zu können. Plötzlich erschien es mir seltsam, daß die Zahlen im Kreis angebracht waren, weil Zahlen sonst immer von links nach rechts geschrieben werden.
Als ich in den künstlich beleuchteten Tunnel hineinging, bemerkte ich, daß ich vergessen hatte, nachzusehen, wie spät es war. Im Tunnel war an diesem Tag ein Flohmarkt. Die Menschen, die auf beiden Seiten des Weges standen und die zum Kauf angebotenen Dinge betrachteten, erschienen mir, als kämen sie aus einem Traum. Ihre Stimmen hallten wie aus der Ferne und ihre Körper waren ohne Konturen. Eine Nacht zuvor hatte ich vom Floh oder vom Markt geträumt. Als ich von den Ohrenschmerzen aufwachte, war mir, als würde in meinem Ohr ein Floh hüpfen. Ich erinnerte mich an eine Erzählung, in der eine junge Frau während einer Kutschfahrt Ohrenschmer-

zen bekommt. Ob sie die Hauptfigur der Erzählung war oder ob mir nur ihre Schmerzen den Eindruck hinterließen, daß sie eine Heldin war, weiß ich nicht mehr. Ihre Mutter und ihr Geliebter gießen Wasser in das schmerzende Ohr hinein, bewegen ihren Kopf ein paar Mal hin und her und gießen das Wasser dann wieder heraus. Dabei springt ein nasser Floh aus dem Ohr. Die Frau fällt in Ohnmacht, und ihre Mutter schreit um Hilfe, während der Geliebte den Floh — seine Beute — mit den Fingerspitzen fängt und in seinen Mund steckt.
Der Flohmarkt war wie ein illustriertes Lexikon. Auf dem Boden drängten sich kleine Gegenstände aus Kupfer, farbigem Glas, Gummi, Buchenholz, Papier, Nylon und anderen Materialien. An den Wänden des Fußgängertunnels, an denen Plakate von Konzerten und Demonstrationen der letzten Jahre zu sehen waren, hingen Jacken und Mäntel zum Verkauf. Sie waren zwar gründlich gereinigt, zum Teil auch gebügelt, und mit neuen Knöpfen versehen, aber ich bemerkte, daß die ehemaligen Besitzer unsichtbare Spuren auf der Kleidung hinterlassen hatten. Ich hatte Angst vor diesen Spuren. Ich fürchtete mich nicht vor irgendeiner ansteckenden Krankheit, sondern ich hatte Angst vor mir unbekannten Lebensgeschichten. Eine dunkelgraue Jacke zum Beispiel, die mir gleich auffiel, erinnerte mich an einen Nachbarn, über dessen Leben ich nie etwas erfahren habe, obwohl ich ihn schon seit zehn Jahren kannte. Er hatte eine ähnliche Jacke, deren linke Tasche

etwas ausgeleiert war. Was trug er immer darin? Jeden Morgen verließ er seine Wohnung, und abends um sechs Uhr kam er wieder zurück. Ich wußte nur den Namen der Bank, bei der er tätig war, sonst nichts. Ab und zu kam aus seiner Wohnung der Geruch von versengten Haaren.
Eine heisere Stimme sprach mich von der linken Seite an, zugleich höflich und drohend. Ich solle die Jacke nicht nur angucken, sondern auch anprobieren. Es sei zwar eine Männerjacke, aber sie würde mir gut passen. Ich antwortete nichts, faßte die Jacke nicht an und stand einfach weiter da. Nach einer Weile erschien ein magerer Mann mit einem Gitarrenkoffer. Er blieb vor der Jacke stehen, stellte den Koffer neben sich und probierte die Jacke, ohne zu zögern, an. Offensichtlich hatte er keine Angst vor dem früheren Besitzer. Damals wußte ich noch nicht, daß auch Jacken, die neu aus einer Fabrik geliefert werden, bereits mir unbekannte Lebensgeschichten tragen und nicht wie unbeschriebenes Papier sind. Die Spuren sind zwar geschickt versteckt, aber manchmal entdeckt man sie aus Versehen. Einmal kaufte ich mir ein Radio, an dem ich im Laden nichts Besonderes bemerkte, aber als ich es zu Hause nachts anschaltete, machte es ein seltsames Geräusch. Dieses Geräusch ähnelte dem heiseren Schrei einer männlichen Stimme. Dann folgte kurz ein kratzendes Geräusch. Ich untersuchte den Apparat mit meiner Lupe und entdeckte im Schalterknopf den Splitter eines Fingernagels. Wie ein Fossil war er in den

schwarzen Kunststoff eingelassen. Wahrscheinlich war ein Mensch bei der Fließbandarbeit von einer Maschine überfallen worden und hatte dabei einen Fingernagel oder sogar einen Finger verloren. Der Überfall wurde vermutlich als Unfall bezeichnet. Bei der Warenkontrolle wurde dann der Finger gefunden und entfernt, aber der Fingernagel blieb unentdeckt. Ich bohrte ihn mit meinem Taschenmesser heraus und begrub ihn im Hof. Seitdem höre ich kein fremdes Geräusch mehr aus meinem Radio.

Auf dem Flohmarkt wird nicht versucht, die Spuren der Dinge zu verstecken. Die Stofftiere mit ihren etwas zerquetschten Gesichtern blickten mich ironisch, wütend oder spöttisch an. Romanhefte mit verblaßten Titelbildern hatten Kaffeeflecken und fettige Fingerabdrücke von ihren ersten Lesern. Die Hefte können deshalb niemals ihre Leser vergessen, aber die Leser wissen wahrscheinlich nichts mehr über den Inhalt dieser Romane. Noch stärker als die Spuren auf den Dingen interessierte mich aber die Reihenfolge, in der die Gegenstände aufgestellt waren. Ein Bügeleisen und ein Kerzenständer standen nebeneinander, als bestünde eine Beziehung zwischen beiden. In diesem Fall fiel mir sogar ein, wie die Nachbarschaft entziffert werden könnte: Das Bügeleisen produziert Hitze und der Kerzenständer Licht. Beide treten an die Stelle der Sonne, die man vom Fußgängertunnel aus niemals sehen kann.

Auch das Innere meiner Ohren wird nie vom Sonnenlicht beleuchtet. Es möchte nicht beleuchtet werden,

auch nicht vom künstlichen Licht beim Ohrenarzt. Denn nur in der Dunkelheit können die Trommelfelle Töne empfangen. Wie spät mochte es sein? Würde ich noch pünktlich zum Arzt kommen? Ein Paar Schlittschuhe und eine Uhr lagen nebeneinander, als wollten sie prüfen, ob ich ihre Beziehung zueinander raten könnte. Ich blieb so lange davor stehen, bis ich eine Lösung gefunden hatte: Schlittschuhe und Uhr, beide drehen sich im Kreis. Wenn die Eiskunstläuferinnen sich im Kreis drehen, müssen sich ihre Schlittschuhe mit ihnen drehen. Dabei sehen die Eiskunstläuferinnen aus wie die Puppen einer Spieluhr.
Am Ende des Tunnels entdeckte ich ein Buch zwischen einem schwarzen Regenschirm und einer Tretnähmaschine. Ich weiß nicht, warum dieses Buch mir besonders auffiel. Ich nahm es in die Hand und bemerkte, daß meine Handfläche dadurch etwas wärmer wurde. Ich sah auf dem Umschlag Buchstaben, die nicht von links nach rechts, sondern im Kreis geschrieben waren. Ich fragte den Mann, der dort stand und die Waren verkaufte, in welcher Sprache dieses Buch geschrieben sei, denn ich kenne keine Sprache, die ihre Buchstaben im Kreis anordnet. Er zuckte mit den Achseln und sagte, das sei kein Buch, sondern ein Spiegel. Ich warf einen Blick auf das Ding, das er als Spiegel bezeichnete. Mag sein, daß das kein Buch ist, gab ich zu, aber ich möchte trotzdem wissen, was mit dieser Schrift los ist.

Der Mann grinste und antwortete: Für unsere Augen sehen Sie genauso aus wie diese Schrift. Deshalb sagte ich, daß es ein Spiegel ist.
Ich rieb mir die Stirn von links nach rechts, als würde ich mein Gesicht umschreiben.

# 2

Der Ohrenarzt, Herr Mettinger, hatte die Tür halb geöffnet und wartete darauf, daß ich zu ihm ins Zimmer kam. So wie alle anderen Ärzte in dieser Stadt, die mich schon einmal behandelt hatten, wollte auch er hinter einer geschlossenen Tür ganz allein mit mir reden, als hätte ich eine Krankheit, von der kein anderer Mensch außer ihm erfahren dürfe. Ich blieb vor der Schwelle stehen und konnte keinen Schritt weitergehen, obwohl ich mich schon ein wenig daran gewöhnt hatte, mit einem fremden Mann allein in einem Raum zu sein, denn in dieser Stadt haben sogar Gemüse- oder Fischläden Türen, die sie vom Straßenleben trennen. Ich starrte auf den silbernen Türgriff, der aus der weißen, glatten Tür herauswuchs. Er ist bestimmt kalt, wenn ich ihn anfasse, dachte ich, und die Wärme meiner Hand wird mir dann unangenehm vorkommen. Er wird in meiner feuchten Hand glitschen und sich weigern, damit festgehalten zu werden. Die Arzthelferin von Herrn Mettinger, die mich vom Anmeldetisch her beobachtete, rief mir zu, ich stünde vor dem richtigen Behandlungszimmer. Mich interessierte aber gar nicht, ob es das richtige oder das falsche Zimmer war.
Kommen Sie herein, sagte Herr Mettinger in einem befehlenden Ton. Daraufhin marschierten meine Beine los wie die eines Roboters. Ich hatte nicht die Angst, die in dieser Stadt als Platzangst bezeichnet wird. Nicht die Geschlossenheit des Zimmers beunruhigte mich, sondern die seltsame Stille, die darin herrschte. Anders als im Fußgängertunnel, in dem ich

den Flohmarkt gesehen hatte, gab es hier weder Geräusche noch Stimmen oder überflüssige Gegenstände. Es gab keine Spuren der Patienten, die in diesem Raum behandelt worden waren. Da ich zunächst damit beschäftigt war, mich umzuschauen, zog Herr Mettinger die rechte Hand wieder zurück, die er mir hingehalten hatte.

Setzen Sie sich hin, Frau ...

Er brach den Satz ab und setzte sich selbst an den Schreibtisch, um den Krankenschein zu suchen, auf dem er meinen Namen nachlesen konnte. Als er versuchte, ihn auszusprechen, suchte ich gerade nach einem richtigen Platz für meinen Stuhl. Ich wollte nicht zu nahe bei Herrn Mettinger sitzen und schob den Stuhl deshalb etwas nach rechts, so daß ich dem Arzt schräg gegenüber sitzen konnte. Dann starrte ich auf das Weiße seines Kittels, so wie ich, bevor ich zu schreiben anfange, auf ein weißes Blatt starre. Ich erzählte, daß ich Ohrenschmerzen hatte. Als wäre ein Floh im Ohr, wollte ich hinzufügen, aber ich sagte stattdessen:

Es lebt ein Floh in meinem Ohr.

Wie bitte?

fragte Herr Mettinger und machte dabei ein erschrockenes Gesicht. Einen Moment lang vergaßen die Muskeln seines Gesichtes, die einzelnen Fleischteile zusammenzuhalten. Herr Mettinger war kein fetter Mann, aber sein Fleisch wirkte jetzt überflüssig und nutzlos. Worüber war er erschrocken? Vielleicht hatte ich das „L" in dem Wort „Floh" nicht richtig

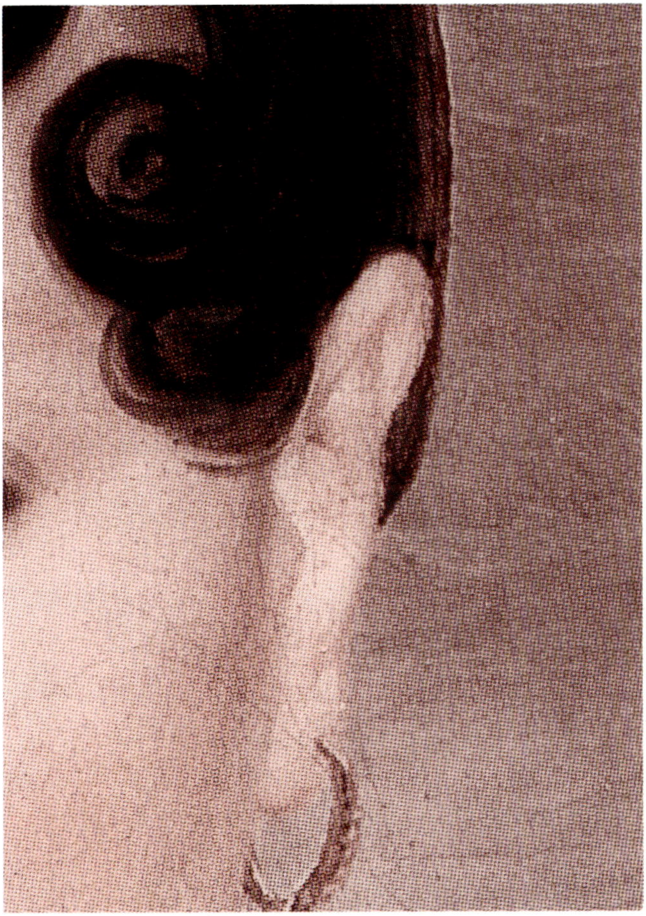

ausgesprochen, so daß Herr Mettinger ein „R" gehört hatte. Meine Zunge tastete heimlich am harten Gaumen, um nachzuprüfen, ob ich wirklich ein „L" gesagt hatte. Den Unterschied zwischen diesen zwei Lauten kann ich nur mit meiner Zunge wahrnehmen, nicht aber mit meinen Ohren, denn mein Tastsinn ist im Umgang mit der fremden Sprache weiter entwickelt als mein Gehör. Der Zweifel, ob ich ein „L" ausgesprochen hatte, verschwand wieder, als der Arzt mich fragte, wie ich auf die Idee käme, daß ein Floh in einem Ohr leben könne. Ich antwortete ihm, ich wüßte aus einer Erzählung, daß es so etwas gibt. Da stand er abrupt auf, ging zum Fenster und rückte eine Blumenvase etwas nach links, damit die Sonne direkt auf seinen Schreibtisch schien.
Entschuldigen Sie, mir war es etwas zu dunkel, obwohl wir heute ein herrliches Wetter haben, sagte er freundlich und nahm seinen dicken Füller in die Hand. Der Ausdruck „ein herrliches Wetter" war mir aus irgendeinem Grund unangenehm. Der Füller begann, auf einem Blatt Papier zu schreiben, er war dicker als mein Daumen und hatte ein Mittelstück, das wie ein goldener Ring aussah.
Seit wann haben Sie Ohrenschmerzen?
Ich erzählte ihm, daß ich in der letzten Nacht aufgewacht sei, weil etwas in meinem linken Ohr gebrannt hatte. Auf Herrn Mettingers Schreibtisch lagen drei Stapel Papier, die das Sonnenlicht reflektierten. Die Buchstaben verschwanden in dem starken Licht. Während Herr Mettinger Notizen machte,

erinnerte ich mich, daß ich in der Nacht zuvor von einem Brand auf einem Blatt Papier geträumt hatte. Die Buchstaben gingen nach und nach in Flammen auf, nur diejenigen, die einen in sich geschlossenen Raum besaßen – wie „O", „P", „D", „Q" und „R" – blieben unbeschädigt. Ich hatte also gar nicht vom Floh oder vom Markt geträumt, ich hatte mich getäuscht und wußte erst jetzt, wovon ich wirklich geträumt hatte.
Herr Mettinger teilte mir mit, daß er mein Ohr untersuchen müsse. Dabei blickte er vorsichtig in meine Augen und suchte nach etwas. Ich hatte keine Ahnung wonach.
Ja,
antwortete ich verunsichert und drehte mich zur Seite, damit er mein schmerzendes Ohr besser sehen konnte.
Machen Sie das Ohr frei,
sagte er in einem zugleich strengen und ängstlichen Ton. Ich schob meine Haare nach hinten, um mein Ohr freizumachen und bemerkte dabei, daß meine Ohren von den Haaren geschützt wurden. Ich war gar nicht mit freien Ohren auf der Straße gewesen. Wie hatte es dennoch passieren können, daß jemand etwas in mein Ohr steckte, das mir Schmerzen verursachte? Herr Mettinger holte ein Instrument, das wie ein Fernrohr aussah, aus der Schublade. Dann schaute er damit in mein Ohr und hielt den Atem an. Nach einer Weile begann er zu stöhnen, legte sein Fernrohr zur Seite und sagte:
Sie sind schwanger.

Das Gesicht des Arztes rötete sich. Ich vermute, er war wütend. Eine fremde Frau wie ich kam einfach zu ihm, anstatt zum Frauenarzt zu gehen und zwang ihn auf diese Weise, eine Diagnose zu stellen, die außerhalb seines Fachgebietes lag. Ich erinnerte mich daran, daß in dieser Stadt viele Menschen lebten, die sich auf ein einziges Fach spezialisiert hatten und mit nichts anderem mehr zu tun haben wollten. Warum ich gerade hierher und nicht zu einem Frauenarzt gegangen war, konnte ich Herrn Mettinger nicht erklären. Wir schwiegen so lange, bis ich neben dem Fenster einen Kalender entdeckte. Auf dem Kalender waren alle Tage des Jahres eingezeichnet, auch der heutige Dezembertag, aber es war kein einziger Tag dabei, an dem ich hätte schwanger werden können. Es dauerte eine Weile, bis ich das bemerkte. Der Kalender erschien mir auf einmal seltsam: Die Daten waren so aufgeteilt, daß jeder Monat ein Quadrat bildete. Mir fiel ein, daß ich, seitdem ich aufgehört hatte, im Büro zu arbeiten, einen Monat nicht mehr als Quadrat empfand, sondern wie einen Mond, eine Kreisbewegung, an der sich mein Körper orientiert. Es war mir auch nicht mehr wichtig, ob ein Tag ein Sonntag oder ein Montag war.
Die Zahlen auf dem Kalender müßten sich von den Linien der Wochentage befreien, Kreise bilden und Monde zeichnen.
Schauen Sie bitte genauer nach, ob ich wirklich schwanger bin; das kann eigentlich nicht sein. Haben Sie vielleicht einen Floh mit einem Embryo verwechselt?

Herr Mettinger nahm wieder sein Fernrohr und steckte es dieses Mal tiefer in mein Ohr hinein.
Was sehen Sie?
Ich fragte in einem strengen Ton, um ein unangenehmes Gefühl zu überwinden.
Ich sehe eine Theaterbühne, antwortete er jetzt in einem kindlichen Tonfall.
Versuchen Sie genauer in Worte zu fassen, was Sie da sehen. Ich hörte, daß er einmal tief einatmete und dann sagte: Ich sehe ein Haus vor einem Hafen, einen Offizier und einige Frauen.
Die Arzthelferin rief Herrn Mettinger von draußen zu, daß ein wichtiges Telephongespräch für ihn da sei, aber er hörte ihre Stimme nicht.
Wie sehen die Frauen aus, die dort stehen?
Ich stellte weitere Fragen, obwohl meine Neugier nicht mehr so groß war, denn ich ahnte, daß der Arzt ein ungeschulter Theaterbesucher war und spätestens bei dem Auftritt der Frauen nur noch altbekannte, langweilige Bilder sehen würde.
Seine Stimme wurde etwas höher, als er mir berichtete:
Die Frauen haben lange Kleider an, aus Seide, wie heißen die noch, ah, ja, Kimono, und eine von ihnen hat ein Messer in der Hand. Jetzt sticht sie es gerade in ihren Bauch, auf der weißen Seide bildet sich ein roter Fleck, er wird immer größer und größer.
Ich stöhnte und schob seine Hand einfach weg.
Herr Mettinger, das ist Madame Butterfly, das ist nicht originell, was S[illegible] da beschreiben.

Er wurde rot, und seine Lippen bewegten sich, um nach Worten, die noch gesagt werden könnten, zu schnappen. Aber ich wartete nicht länger, sondern ich verließ ihn, ohne mich zu verabschieden.

# 3

Das Buch, das ich auf dem Flohmarkt gekauft hatte, war gar kein Buch, sondern ein Kästchen, in dem vier Kassetten waren. Ich hätte mir das schon denken können, als ich auf dem Titelbild die im Kreis angeordneten Buchstaben gesehen hatte. Der Text dreht sich im Kreis, anstatt von links nach rechts gelesen zu werden. „Ein Roman", las ich auf der Titelseite. Darunter standen der Titel und der Name der Autorin sehr klein und undeutlich.
Ich legte die erste Kassette in meinen Kassettenrecorder und drückte auf den Knopf. Eine weibliche Stimme begann, den Roman vorzulesen. Nach einer Weile bemerkte ich, daß ich mich mitten in der Landschaft des Romans befand. Obwohl die Handlung mich gar nicht interessierte, trat ich in den Roman hinein, wie man aus Versehen ein Haus ohne Tür und Wände betritt. Ich hatte keine Schwelle bemerkt, vor der ich mir hätte überlegen können, ob ich hineingehen will oder nicht. Ich bekam Angst vor der Stimme und schaltete das Gerät aus.

Warum konnte ich mich über diese Stimme nicht freuen? Ich hatte doch nach einem Text gesucht, dessen Buchstaben während der Lektüre verschwinden, so wie bei den vielen Romanen, die ich während meiner Pubertät gelesen hatte. Damals ging ich fast jeden Tag zur Bücherhalle in unserem Stadtteil, griff irgendeinen Roman und setzte mich in die Ecke des Lesesaals. Die Lektüre verlief jedesmal ähnlich: Die erste halbe Stunde mußte ich gegen eine Mauer von Buchstaben ankämpfen. Es war eine mühsame Arbeit, ich verlor jedoch nicht die Geduld, weil ich genau wußte, daß ich irgendwann in den Roman hineingelassen werde. Ich las und las, ohne zu wissen, warum ich mich für das Gelesene interessieren sollte und wohin mich der Roman führen würde. Bald nahm die Geschwindigkeit des Lesens von selbst zu, und die Buchstaben verschwanden vor meinen Augen wie bei einer Bahnfahrt. Wenn der Zug kurz nach der Abfahrt plötzlich schneller wird, verschwinden die Bäume, die direkt neben den Bahnschienen stehen, und man sieht nur noch Landschaften in der Ferne.

Seit langer Zeit habe ich keinen Roman mehr gelesen, dessen Buchstaben ich zum Verschwinden bringen konnte. Es liegt wahrscheinlich nicht an mir, sondern an der Stadt. Es gibt nämlich hier nur Bücher in einer mir fremden Schrift. Seitdem ich hier lebe, ist es mir noch nie gelungen, in einen Roman hineinzutreten. Ich lese und lese, aber das Alphabet verschwindet nie vor meinen Augen, sondern es bleibt wie ein Gitter oder wie Sand im Salat oder wie die Wiedergabe meines Gesichtes im Fensterglas eines Nachtzuges. Wie oft hat mich mein Spiegelbild im Fensterglas daran gehindert, eine nächtliche Landschaft zu genießen. Auch, wenn es dort nichts Besonderes zu sehen gab, wollte ich einen Blick in die Dunkelheit werfen und nicht auf mein eigenes Spiegelbild.
Warum war ich noch nie darauf gekommen, daß ein Kassettenrecorder das gesuchte Zaubermittel sein

könnte, um die Buchstaben im Roman zu löschen?
Nun gelang es mir endlich, das Alphabet zu tilgen.
Ich hätte froh darüber sein müssen.

Ich schaltete das Gerät noch einmal an und versuchte diesmal, der Stimme zuzuhören, ohne die Distanz zu ihr zu verlieren. Aber ich konnte es nicht. Entweder hörte ich gar nichts, oder ich befand mich ganz und gar in dem Roman.

Als ich wütend das Gerät ausmachte, klingelte es an der Wohnungstür. Es war mein neuer Nachbar, der vor etwa einer Woche in das Haus eingezogen war. An der schwarzen Sonnenbrille, die seine Augen verdeckte, erkannte ich ihn wieder. Er fragte mich, ob ich etwas Salz für ihn hätte. Das war das zweite Mal, daß ich in dieser Stadt von einem Mann um Salz gebeten wurde. Das erste Mal hatte mich in einem Lokal, in dem nur auf einigen Tischen ein Salzfaß stand, der Mann vom Nebentisch gefragt:
Haben Sie Salz?
Er hatte einen Koffer für ein Violoncello und einen tragbaren Notenständer neben dem Tisch stehen. Mit geschlossenen Augen schüttelte er das Salzfaß über seinem Salatteller. Ich glaubte zu hören, wie die Salzkörner auf die Salatblätter fielen. Der Mann hatte keine Angst, mit geschlossenen Augen zu handeln. Ich hatte schon oft beobachtet, daß Menschen, die ein Musikinstrument bei sich haben, vor bestimmten Dingen keine Angst haben. Ich sah

auf seinen Salatblättern weiße Salzkörner, die eine Weile fremd leuchteten, aber bald durchsichtig wurden.

Meinem Nachbarn füllte ich eine Teetasse mit Salz und gab sie ihm. Er fragte mich, ob ich Besuch hätte. Seine Lippen waren glatt und etwas feucht, seine Haut hingegen war trocken.
Nein, ich habe keinen Besuch,
antwortete ich und bemerkte, daß dabei eine Stimme aus der Küche zu hören war. Es war die Stimme aus dem Kassettenrecorder, den ich doch schon ausgeschaltet hatte.
Ich habe keinen Besuch, aber es passiert mir manchmal, daß eine Frau plötzlich da ist und ... ich meine nicht eine Frau, sondern eigentlich nur die Stimme einer Frau. Weil die Stimme überall eindringen kann und ...
Eine Frau?
fragte er mißtrauisch nach.
Nein, eine Stimme, nicht eine Frau.
Er fragte mich nichts mehr. Als ich mich von dem Nachbar verabschiedet hatte, ging ich in die Küche zurück. Der Kassettenrecorder lief von selbst. Ich setzte mich auf den Stuhl und tat so, als würde mich die Stimme gar nicht stören. Ich versuchte, über den Mann mit der Sonnenbrille nachzudenken. „Sonnenbrille", „beruflich", „wie alt", „dünn", „Salz", „Lippen", „Turnschuh"... Die Fragen mußten formuliert werden, und sie mußten gestellt werden, wenn ich ihn wiedersehen würde. Ich wußte aber gar nicht, was ich über ihn wissen wollte, was ich über

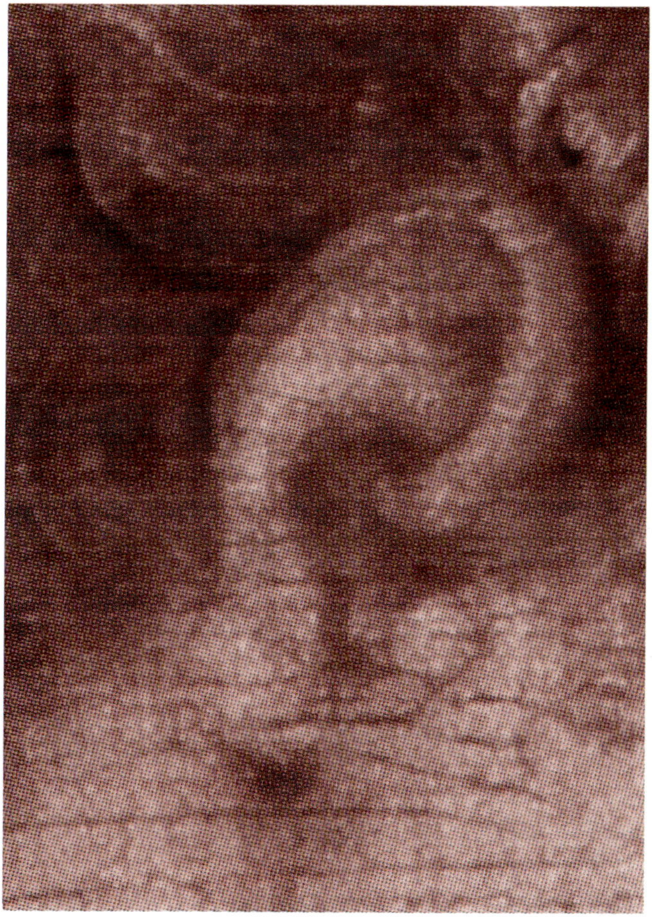

ihn denken wollte, was mir überhaupt denkbar war, denn die Stimme aus dem Recorder zwang mich, in den Roman zurückzukehren. Die Handlung des Romans war langweilig, aber die Stimme ließ mich nicht los. Sie bestimmte die Temperatur des Raums, in dem sich der Roman abspielte. Sie bestimmte den Geruch der Haut, die die Hauptfigur trug. Und der Blick der Figur wurde auch von ihr bestimmt.
Ein unglaublich langweiliger Roman,
sagte ich laut, aber das half nichts. Wie gefesselt saß ich auf dem Küchenstuhl und hörte der Stimme zu. Nachdem die eine Seite der Kassette zu Ende war und das Gerät von selbst ausging, redete die Stimme weiter in meinem Kopf. Ich konnte kein Wort mehr erkennen, aber die Stimme selbst wurde immer deutlicher.

Nachts kochte ich mir eine Tasse Tee und tat aus Versehen Salz hinein. Ich mußte den Tee in das Waschbecken kippen. Ich blickte lange in das Loch des Waschbeckens, in das der braune Strudel des Tees eingesogen wurde. Ich weiß nicht, wie lange ich vor dem Loch stand, ohne mir neuen Tee zu kochen. Ich konnte die Zeit nicht mehr messen, denn die Zeit verging schneller, wenn die Stimme in mir schneller redete. Redete sie im Stakkato, so stolperte die Zeit. Manchmal hielt sie an, und ich atmete tief ein, damit ich nicht erstickte. Um zwölf Uhr war die Stimme plötzlich nicht mehr zu hören. In diesem Moment sprang mein Radiowecker automatisch an. Nachrichten. Ich lief hin und schaltete das Radio aus.

# 4

Seitdem die Stimme aus dem Kassettenrecorder begonnen hatte, mein Leben zu besitzen, war ich aufmerksam für jedes Geräusch geworden, das aus einer Maschine kam. Ich bemerkte zum Beispiel, daß die Schreibmaschine in einem ungleichmäßigen Rhythmus klapperte, obwohl der Abstand zweier Buchstaben immer gleich groß war. Nur zwischen zwei Wörtern hinterließ sie eine besonders große Lücke, in die ein ganzer Buchstabe hineingepaßt hätte. Aber das Geräusch aus der Schreibmaschine machte nicht nur bei dieser Lücke, sondern auch an anderen Stellen eine Pause, und wenn ich beim Schreiben dem Geräusch zuhörte, so verstand ich nicht mehr den Sinn der Worte.
Sc hre ibm as chin e!
Die Musik des Klapperns stellte einen Text her, der sich von meinem unterschied, mit falsch getrennten Wörtern und stolperndem Rhythmus.

Damals schrieb ich regelmäßig kleine Artikel, die ich in einer japanischen Frauenzeitschrift als Serie veröffentlichte. Als die Lektorin mich zum erstenmal anrief und fragte, ob ich über die Feste in Deutschland schreiben könne, antwortete ich sofort mit nein. Denn ich bin keine Ethnologin und beschäftige mich nicht mit solchen Themen. Die Lektorin erwiderte, daß ich keine wissenschaftlichen Aufsätze schreiben müsse, sondern nur alltägliche Beobachtungen schildern solle, die jede Leserin verstehen könne. Aus finanziellen Gründen übernahm ich dann doch die

Arbeit. Beim ersten Artikel merkte ich aber schon, wie schwierig diese Arbeit war. Das erste Thema war der Geburtstag, wahrscheinlich das wichtigste Fest, denn selbst die Menschen, die Weihnachten zu ignorieren versuchen, feiern gerne ihren Geburtstag.
Ich hatte zwar vieles zu schreiben, weil es viele Phänomene gibt, die mich interessieren, aber ich konnte keines von ihnen erklären. Ich schrieb zum Beispiel, daß eine Nachbarin von mir — obwohl sie schon zweiundzwanzig Jahre alt war — an ihrem Geburtstag von ihrer Mutter besucht, gedrückt und geküßt wurde, als wäre sie gerade geboren.
Damit die Leserinnen keine falschen Assoziationen bekamen, fügte ich hinzu, daß es hier oft als normale Verhaltensweise betrachtet werde, die eigene Mutter zu küssen. Auch als Erwachsene darf man hier die Mutter küssen, den Geburtstag feiern und von der Mutter ein Geburtstagsgeschenk erhalten. Der Unterschied zwischen Kind-Sein und Erwachsen-Sein sei in Europa nicht so deutlich markiert, schrieb ich und strich den Satz wieder aus. Da ich keine Ethnologin bin, bezweifelte ich, daß ich eine solche Aussage machen konnte. Als Ethnologin hätte ich vielleicht gewußt, warum der Geburtstag hier so wichtig ist. Warum feiert man eigentlich den Geburtstag? Weil man wieder ein Jahr gelebt hat, ohne zu sterben? Ich verzichtete auch hier auf eine Erklärung und schrieb stattdessen, daß man der betreffenden Person nicht vor dem Geburtstag gratulieren dürfe, da das Unglück bringe. Da fiel mir plötzlich eine Erklärung

für das Geburtstagsfest ein. Eine Person feiert vielleicht deshalb ihren Geburtstag, weil sie sich an diesem Tag von ihren Mitmenschen unterscheiden kann. Sie hat im Unterschied zu den anderen eine besondere Beziehung zu diesem Tag. Ich schrieb, daß die Menschen hier auf der Suche nach etwas seien, das sie von den anderen unterscheidet.
Drei Minuten später strich ich den Satz wieder aus, denn ich bemerkte, daß viele Menschen an demselben Tag Geburtstag haben und mir fiel außerdem ein, daß man hier oft und gerne über Sternzeichen redet. Ein Sternzeichen besitzt man aber nicht für sich allein, sondern gemeinsam mit ungefähr einem Zwölftel der Menschheit. Deshalb konnte meine Annahme nicht stimmen, daß der Geburtstag einen Menschen von den anderen Menschen unterscheidet. Ich schrieb dann nur, daß man hier gerne den Geburtstag feiert und daß man auch gerne über Sternzeichen redet, besonders nachts, nachdem eine lange Diskussion über die Politik beendet worden ist.

Ich war nicht zufrieden mit meinem ersten Artikel, weil ich nichts von dem, was ich beschrieb, erklären konnte. Die Lektorin meinte aber, ich brauche nichts zu erklären, denn Aberglaube lasse sich meistens nicht erklären. Ich versprach ihr, daß ich beim nächsten Mal über Weihnachten schreiben würde und danach über den Tag der deutschen Einheit.

Weil ich keine eigene Schreibmaschine besaß, ging ich oft zu Martina, einer Studentin, die gegenüber wohnte. Wie in einem Ritual fragte ich sie jedesmal, ob sie zufällig ein paar Stunden ohne Schreibmaschine arbeiten könne. Ich hatte sie noch nie schreiben gesehen. Sie hatte mir auch noch nie von irgendeiner Arbeit erzählt, an der sie schrieb. Immer wenn ich ihre Wohnung betrat, sagte sie, sie arbeite im Moment nicht, weil sie keine Ruhe dafür fände. Außer einem Salzfaß, das auf dem Eßtisch stand, sahen alle Gegenstände in ihrer Wohnung unberührt aus. Martina erklärte mir einmal, daß sie in ihrer Wohnung kaum etwas benutze, weil sie oft woanders schlafe. Dennoch war es für mich nicht zu verstehen, warum ihre Wohnung wie ein Hotelzimmer aussah, in dem lange kein Gast mehr übernachtet hat, ein Hotelzimmer, das nicht mehr benutzt wird, weil die Spur eines unglücklichen Geschehens nicht mehr weggewischt werden kann.

An diesem Tag fing ihr Wecker an, schrill zu klingeln, als ich ihr die übliche Frage stellen wollte. Anstatt den Wecker auszumachen, machte sie die Augen zu. Dabei bewegten sich ihre Lippen. Anscheinend zählte sie lautlos Zahlen. Nach einer Weile ging sie absichtlich ganz langsam zum Wecker und drückte auf den Knopf. Der Wecker verstummte endlich. Obwohl ich nichts gesagt hatte, blickte sie mich erschrocken an, als hätte ich ihr einen Vorwurf gemacht. Beschämt und stolz zugleich beantwortete

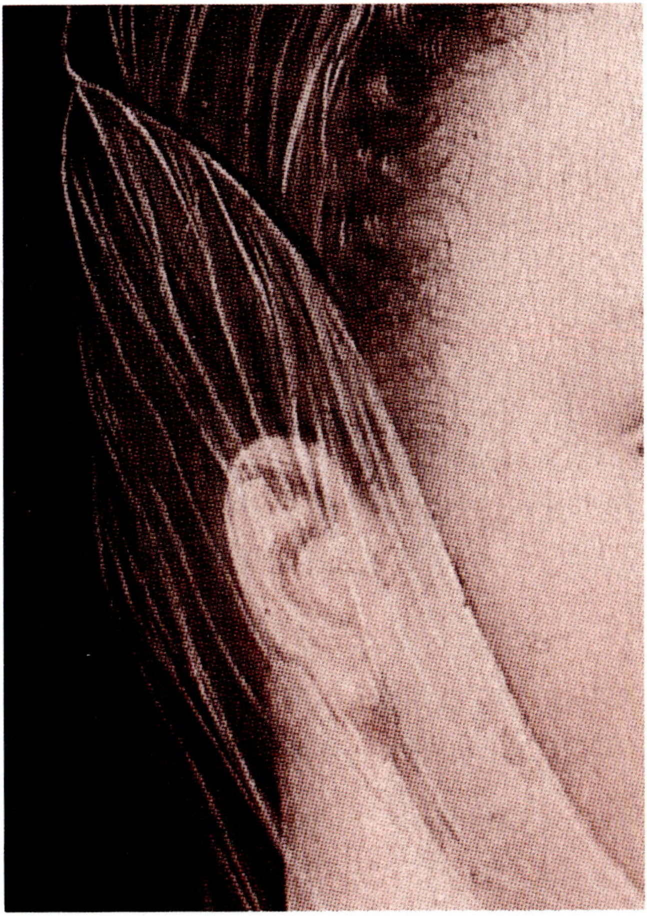

sie dann eine Frage, die ich ihr nicht gestellt hatte. Sie mache eine Übung. Sie übe, jedes Geräusch auszuhalten, das die Katastrophe anzukündigen scheine, ohne dabei in Hektik oder in Panik zu geraten.
Martina ging einmal in der Woche zu einem Therapeuten. Bei jedem Geräusch, das in ihre Ohren hineinsprang – sei es das Klingeln des Weckers, das Bremsen eines Autos oder auch die Stimmen fremder Kinder auf der Straße – dachte sie, daß sie sich vor nichts mehr schützen könne.
Wovor willst du dich schützen?
Martina beantwortete meine Frage nicht. Stattdessen beantwortete sie eine Frage, die ich ihr nicht gestellt hatte:
Nein, das will ich nicht.
Ich schwieg, und Martina erzählte weiter: Vor ein paar Tagen war sie zur U-Bahn gegangen und hatte kurz vor dem Eingang der Station ein Mädchen schreien gehört: Papa, komm'al!
Martina konnte das Mädchen nicht sehen, weil es in einem der Gänge stand, zu denen die Treppen führten. Martina hörte nur die Stimme und konnte nicht mehr die Treppen hinuntergehen. Sie blieb stehen, bis sie sich wieder bewegen konnte. Dann lief sie nach Hause zurück. Sie hatte nicht mehr die Kraft, ihre Freundin, mit der sie verabredet war, zu besuchen.
Die Stimme des Mädchens war wie eine unsichtbare Handgranate in ihr Ohr hineingestürzt und explodierte dann lautlos in ihrem Körper. Nachdem das geschehen war, blieb Martina drei Tage lang in ihrer

Wohnung und redete mit keinem Menschen.
Ich deutete vorsichtig an, daß ich auch einmal von einer Stimme besessen gewesen war. Daß ich mich noch immer in diesem Zustand befand, konnte sie nicht wissen. Überhaupt machte sie sich keine Gedanken über den Zustand anderer Menschen.
Es war aber nicht so schlimm, von einer Stimme besessen zu sein.
Im Gegenteil, zum Schluß fand ich die Stimme sogar reizvoll,
sagte ich in einem absichtlich fröhlichen Ton, der aber gar nichts an Martinas Gesichtsausdruck änderte. Sie richtete zwar ihren Blick auf mich, aber es war deutlich zu spüren, daß sie mich nicht verstanden hatte. Ich schlug ihr vor, immer mit einem Walkman auf die Straße zu gehen, damit die Ohren geschützt seien. Sie holte ihren Walkman aus der Schublade des Schreibtisches und probierte aus, ob er noch funktionierte. Ich fragte sie, ob sie schon mit unserem neuen Nachbarn gesprochen hätte.
Welchen Nachbarn meinst du?
Martina meinte, sie habe keinen neuen Nachbarn gesehen.
Als ich in meine Wohnung zurückgehen wollte, kam Martinas Freund, um sie abzuholen. Mit seinem Auftreten verschwand die drückende Luft. Ich atmete tief und langsam ein. Dabei vermißte ich meine Kassette so sehr, daß ich mich sofort von den beiden verabschiedete und mit der Schreibmaschine in meine Wohnung zurückging.

Ich konnte an diesem Tag und noch Tage danach nicht mit der Schreibmaschine arbeiten, denn die Stimme aus dem Kassettenrecorder wurde immer lauter und lauter, bis sie schließlich das Klappern der Maschine übertönte. Ich schaltete mehrmals am Tag den Recorder aus, aber er schaltete sich von allein wieder an.
Möchtest du nicht gerne, daß ich schreibe?
Ich stellte der Stimme zum ersten Mal eine hörbare Frage.
Oder hast du etwas gegen geschriebene Buchstaben?
Es war keine Antwort zu hören. Ich legte meine Hände auf den Pausenknopf des Recorders, damit er schwieg. Da fing mein Radiowecker automatisch zu sprechen an. Ich verstand den technischen Zusammenhang zwischen den beiden Geräten nicht.
Nachrichten.
Auch die Stimmen aus dem Radiowecker konnte ich nicht lange ertragen. Aber nicht, weil ich keine andere Stimme als die von der Kassette mehr hören wollte. Im Gegenteil, das Radio befreite mich für kurze Zeit von der Stimme des Romans. Aus dem Radio kamen andere Stimmen in meine Wohnung hinein: Stimmen von Politikern, Stimmen von Hafenarbeitern, Stimmen von Literaten ... Ich hörte ihnen aber nicht lange zu. Ich kehrte immer wieder zu der Stimme des Romans zurück und wußte nicht, ob ich ihr wirklich entfliehen wollte.

# 5

Es war mein Geburtstag.
Auf dem Schreibtisch verrenkten sich zehn schmerzende, dünne Finger. Sie waren aus einer kleinen Hand herausgewachsen, die, wie ich nach einer Weile bemerkte, meine eigene war. Die Fenster waren geschlossen, wie es im Traum oft der Fall ist. Aber dieses konnte kein Traum sein. Im Traum kommt mir normalerweise nichts seltsam vor und mir fehlt auch nichts. Jetzt aber fehlte mir vieles. Zuerst tastete ich mit einem krummen Zeigefinger nach meinem rechten Ohr und fand es nicht. Wo war mein rechtes Ohr? War es vom Schreibtisch heruntergefallen? Hatte es überhaupt dort gelegen?
Wohin gehört ein rechtes Ohr?
In den Unterleib natürlich, in den Unterleib gehört das rechte Ohr, sagte mir eine Stimme. Ich suchte nach dem linken Ohr. Es war auch nicht dort, wo ich es vermutet hatte. Die Luft war wie eine Masse aus geknetetem Weizenmehl. Nein, die Luft war nicht schwer, sondern die Stimme einer Frau hatte meine Ohren verstopft, und das Trommelfell konnte nicht mehr vibrieren.

Alle Löcher sind mit der Stimme zugestopft, sagte ich laut, denn ich saß nicht allein in der Küche, sondern mit zwei Gesprächspartnerinnen, mit Gudrun und ihrer Schwester. Sie waren damit beschäftigt, eine Speise in einer Schüssel umzurühren und hörten nicht, was ich sagte.

Wir sind bald fertig, sagte Gudrun und warf mir einen sorgenvollen Blick zu. Ich erinnerte mich vage, daß ich zehn Menschen zu einer Feier eingeladen hatte. Nur wußte ich in diesem Moment nicht mehr, was der Anlaß zu dieser Feier war. Gudrun und ihre Schwester waren eine Stunde zu früh gekommen und erklärten mir nicht warum. Ich war zu feige, um sie nach dem Grund zu fragen. Vielleicht wußten sie schon, daß ich unfähig war, Gäste zu empfangen. Sie machten mir keine Vorwürfe, als sie sahen, daß ich noch nichts vorbereitet hatte.

Wo hast du Salz?
fragte Gudrun oder ihre Schwester.
Ich habe kein Salz.
Warum hast du kein Salz?
Gudrun und ihre Schwester haben fast die gleiche Stimme, so daß ich nicht sagen kann, wer gerade spricht, wenn ich ihre Lippen nicht sehe. Sie redeten davon, daß sie zur Zeit zu viel um die Ohren hätten. Eine von beiden sagte, daß sie sich danach sehne, endlich zur Ruhe zu kommen. Das sei ihr einziger Wunsch, alles andere interessiere sie nicht. Vier Augen schauten mich an und warteten auf meine Antwort. Mir kam es vor, als wollten sie überprüfen, ob ich weiß, was Ruhe ist. Mir wurde in der Tat zum ersten Mal bewußt, daß ich zwar die Bedeutung des Wortes Ruhe kannte, aber mir trotzdem nichts darunter vorstellen konnte. Ich versuchte, mir einen Zustand auszumalen, in dem man keine Ruhe hat. Es gelang

mir nicht. Dann versuchte ich, mir genau das Gegenteil vorzustellen. Auch das gelang mir nicht.

Wenn Ihr unbedingt Salz braucht, gehe ich zu meinem Nachbarn. Das wäre nicht schlecht.
Vor einer Woche hatte ich noch genug Salz. Ich habe meinem Nachbarn zu viel Salz gegeben, deshalb habe ich jetzt selbst keines mehr.
Ich hörte zwei Frauenstimmen lachen, ging dann zu dem Nachbarn und fragte ihn, ob er Salz für mich habe. Er blickte mich eine Weile an und fragte mich plötzlich, ob ich nicht Lust hätte, mit ihm zusammen an einem Projekt zu arbeiten. Genaueres wollte er mir das nächste Mal erzählen. An diesem Abend hatte er weder Zeit noch Salz für mich.
Als Sie selbst kein Salz hatten, habe ich Ihnen doch etwas von meinem Salz gegeben,
sagte ich. Meine Stimme klang zu meiner Überraschung klagend. Ein Tonfall, den ich sonst nur von anderen Frauen kannte. Der Nachbar lachte.
Jetzt reden Sie wie meine Mutter. Seien Sie doch nicht so. Sonst werden wir mit unserem Projekt keinen Erfolg haben.
Er lachte wieder und schloß die Tür.

Es war mir immer schon unangenehm, Gäste in meiner Wohnung zu sehen. Sie füllten mein Zimmer mit fremden Sätzen, die ich nie so formulieren würde. An diesem Abend fand ich den Klang der fremden Sätze besonders unerträglich. Manchmal versuchte ich,

dem Gespräch nur inhaltlich zu folgen, um den Klang der Sprache nicht zu hören. Aber er drang in meinen Körper ein, als wäre er von dem Inhalt nicht zu trennen.
Einmal entstand ein gewaltsames Gespräch mitten in einem Menschenkreis. Es war wie eine Windhose und drehte sich immer schneller. Zuletzt verschluckte die Windhose die Menschen. Sie unterhielten sich über Sport. Sportlernamen, Schläge, Kämpfe, Punkte, Angriffe, Tritte. Alle Anwesenden mußten mitreden, um sich gegen die Wörter der anderen zu verteidigen. Um Mitternacht fingen die Gäste an, nach Diskomusik zu tanzen. Ich hörte die Musik nicht, sah aber, daß die Weingläser zitterten. Es war anscheinend sehr laut. Keiner durfte aus dem Takt kommen. Die Gäste tanzten gar nicht, sondern sie redeten miteinander. Wenn jemand stotterte, redeten die anderen schneller, damit die Unterbrechung nicht auffiel. Der Rhythmus wurde wie bei Diskomusik von einem Computer-Schlagzeug gehalten. Die Menschen atmeten wie mechanisch, statt unregelmäßig Atem zu holen, wie sie wollten. Mein Herzschlag und meine Seufzer waren lächerlich leise und kamen nicht gegen die großen Boxen an. In diesen schwarzen Kühlschränken wird die Geräuschmasse eingefroren. In meiner Wohnung waren gar keine Boxen, und es spielte keine Musik. Die Menschen unterhielten sich. Ich wollte mich in einen Stein verwandeln. Ein Stein wie ein Komma an einer falschen Stelle wollte ich sein, um das ratternde Gespräch zu unterbrechen.

Rosa war die einzige, die auf mich achtete. Sie versuchte, mich in das Gespräch einzubeziehen, als wäre es ihre Aufgabe. Ich wollte aber gar nicht angesprochen werden.
Rosa redete immer in einem sicheren Ton, ein Ton, der schon vor Rosa da war und zu dieser Stadt gehörte. Sie hatte ihn vielleicht in der Familie oder in der Schule auswendig gelernt, obwohl ich bis heute nicht weiß, wie man einen Ton auswendig lernen kann. Wahrscheinlich hat sie jede Redewendung und jede Argumentationsfigur in Verbindung mit einem bestimmten Ton gelernt. Wenn sie in diesem erlernten Ton redete, konnte man selten etwas dagegen einwenden, weil alles, was dagegen gesagt wurde, kraftlos, unnatürlich, sogar unsinnig klang. Ich wollte ein Stein werden und mich selbst gegen diesen Ton werfen. Dann würde er entweder kaputtgehen oder ein anderes Gesicht zeigen.
Hat ein Ton mehrere Gesichter? Hat ein Gesicht mehrere Töne?
Ich wußte nichts über Rosa, außer daß sie eine Halskrankheit hatte, die man ihr aber nicht anmerkte. Ihre Freundinnen hatten mir mehrmals von dieser Krankheit erzählt.

Ich weiß nicht, wie diese Nacht endete. Als ich aufwachte, saß kein Mensch mehr in meiner Wohnung. Ich war nicht einmal sicher, ob ich am Abend wirklich Gäste eingeladen hatte. Draußen schien ein schwaches Morgenlicht auf die asphaltierte Straße.

Auf dem Fensterglas liefen einige Wassertropfen herunter, als ob sie die letzten Fingerabdrücke der Gäste wegspülen wollten.
Als ich beim Bäcker ein Brötchen zum Frühstück holte, sah ich Rosa. Ich rief ihren Namen, obwohl ich nicht vorhatte, ihr etwas Bestimmtes zu erzählen. Sie stöhnte, bevor ich ein weiteres Wort sagte und lächelte ängstlich. Sie drückte ihre Papiertüte mit den Brötchen gegen die Brust und wandte mir den Rücken zu. Beim Verlassen der Bäckerei sagte sie mir — obwohl ich sie gar nicht danach gefragt hatte —, daß sie heute keine Zeit habe.
Ich bin unter Zeitdruck. Diese Woche habe ich sowieso keine Ruhe, weil ich so viel um die Ohren habe. Aber nächste Woche rufe ich dich an, rief sie von der Straße in die Bäckerei, in der ich immer noch stand. Wozu wollte sie mich anrufen? Außerdem war es nicht möglich, mich anzurufen. Sie war schon weg, als ich ihr sagen wollte, daß ich gar kein Telefon habe.

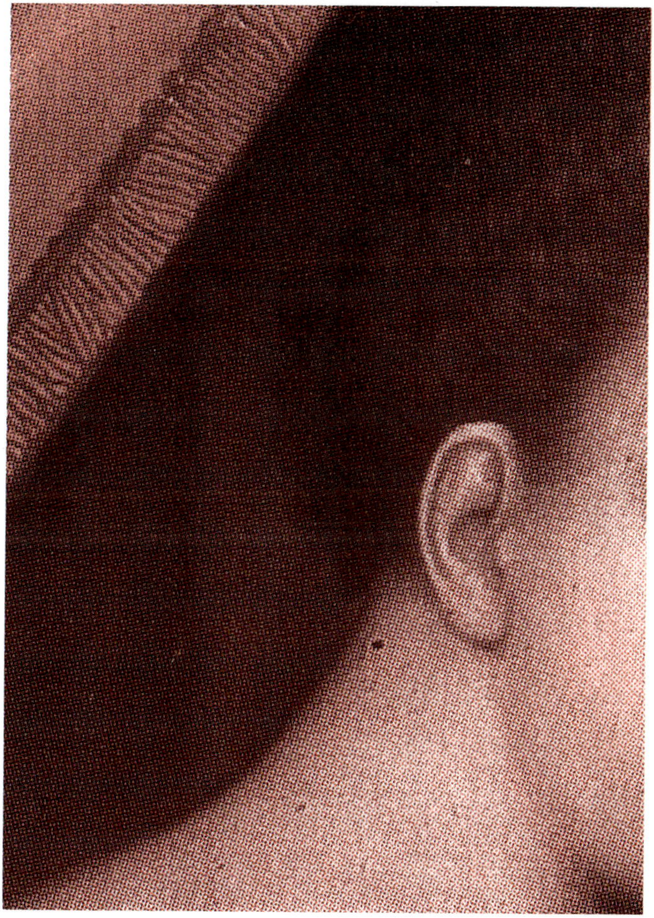

# 6

Ich zog mich aus, legte mich hin und schloß die Augen.
Immer, wenn ich mich krank fühlte, blieb ich einige Tage einfach so liegen, anstatt zu einem Arzt zu gehen oder mir Medikamente zu holen. Ich hatte Angst vor Medikamenten, ich hatte sogar Angst vor einem Hausrezept wie zum Beispiel heißem Johannisbeersaft mit Honig gegen Erkältung. Gegen eine Krankheit zu kämpfen erschien mir respektlos. Wenn sie schon da war, mußte man sie auch aufmerksam aufnehmen.
Manchmal versuchte ich, jene Stimme ebenfalls als eine Krankheit zu betrachten und verhielt mich entsprechend. Aber anders als bei anderen Krankheiten wollte ich nicht, daß sie mich eines Tages endgültig verließ.

Als die Nacht begann, suchte ich nach Körperstellen, mit denen ich die Stimme wahrnehmen konnte. Denn ich bezweifelte, daß ich sie wie eine gewöhnliche Stimme am Trommelfell spürte. Besonders wenn ich lag, kam sie auf eine überraschende Weise auf mich zu. Zuerst streichelte sie vorsichtig meinen Hals. Mir dauerte das meistens zu lange, und ich fürchtete auch, daß sie mich auf diese Weise elegant erwürgen würde. Ich habe nie verstanden, was sie von mir wollte, wenn sie überhaupt etwas wollte. Ich konnte ihr auch keine Frage stellen, weil sie nichts hören konnte. Es war eine Stimme ohne Ohren.

Manchmal ließ ich mich stundenlang von ihr streicheln, den Bauch, die Fußsohlen, die Nase, die Brust, die Fingerspitzen, die Oberschenkel. Zum Glück mußte ich keine Reaktionen zeigen, die Stimme erwartete das nicht von mir. Ich mußte keinen Satz formulieren und konnte mich in einen Tastsinn verwandeln, einen Tastsinn ohne Sprache. Nicht nur die gesprochene Sprache, sondern auch die Körpersprache war nicht mehr nötig. Ich fühlte mich auch befreit vom Blick, denn es war eine Stimme ohne Augen.

Zu meiner Enttäuschung mußte ich aber, als ich auf die Straße ging, feststellen, daß ich nicht von allen Blicken befreit war. An diesem Tag traf ich Rosa vor dem Postamt. Sie fragte mich, ob ich bei ihr eine Tasse Tee trinken würde, denn sie wolle mir gerne ihre Wohnung zeigen, in die sie neu eingezogen war.
Bis zu diesem Tag hatten mich Wohnungseinrichtungen nie interessiert. Jetzt fiel mir aber ein, daß ich darüber einen Artikel für die Zeitschrift schreiben könnte, denn eine Wohnungseinrichtung ist nicht etwa nur ein finanzielles oder ein praktisches Problem, sondern hat auch religiöse Aspekte.
Ich komme gerne mit dir,
antwortete ich leise. Dabei hatte ich ein schlechtes Gewissen. Es hatte etwas Unmenschliches, daß ich mich nur noch für die Dinge zu interessieren vermochte, die ich wie eine Ethnologin beobachten konnte.

Kaum hatte ich die Wohnung betreten, blickte Rosa tief in meine Augen, als wollte sie genau prüfen, wie sich ihre Wohnung in meinen Augen widerspiegelte. Ich wußte sofort, daß ich verpflichtet war, mich zu entscheiden, ob ich ihre Wohnung schön fand oder nicht. Es war mir jedoch nicht möglich, mir über eine Wohnung, in der ich nicht wohne, eine Meinung zu bilden. Rosa schien aber aus meinen Augen ein Urteil herauslesen zu wollen. Vielleicht übte sie dabei sogar, ihre eigene Wohnung mit den Augen eines Fremden zu betrachten und ihr Noten zu geben, um sie später zu verbessern. Vielleicht ist ihre Wohnung für sie wie ein Selbstporträt: Die Möbel, die Plakate, der Teppich, die Schreibwaren, die Musikanlage sollten zusammen ihre Persönlichkeit abbilden. Warum aber wollte sie sie mir zeigen?
Ich stieß wie immer gegen die Wand der Fragen nach dem Grund. Für mich hatte meine Wohnung die Funktion einer Haut. Keiner konnte sie von innen betrachten. Es war mir immer unangenehm, in der eigenen Wohnung Menschen zu sehen, aber noch unangenehmer war es mir, wenn sie meine Wohnung mit Neugierde betrachteten. Denn meine Wohnung will nicht benotet werden, sonst verkrampft sie sich. Sie muß für mich so sein, daß ich sie kaum wahrnehme. Sie ist nicht zum Vorzeigen, und sie beweist keine Leistung. Sie darf weder schön noch häßlich sein, denn sie ist nicht da, um gesehen zu werden. Rosa fragte mich zögernd, womit ich mich denn beschäftige. Sie könne sich nicht vorstellen, daß ich

eine berufliche Karriere mache oder daß ich eine Beziehung hätte, die ja besonders viel Zeit koste.
Ich höre immer einer Stimme zu, die keinen Klangkörper hat,
antwortete ich. Rosa näherte sich mir.
Was für eine Stimme ist es?
Die Stimme einer Frau.
Meine Antwort enttäuschte Rosa sofort. Sie wollte aber nicht unhöflich sein und machte einen Witz, anstatt ihre Enttäuschung direkt zu zeigen.
Ich höre auch immer eine weibliche Stimme, die mir sagt, daß ich schon wieder etwas falsch gemacht habe. Ich weiß aber genau, wessen Stimme es ist.

# 7

Ich setzte eine Anzeige in einer Tageszeitung auf. Jeder, der diese Anzeige las, sollte den Eindruck bekommen, daß eine alte Frau aus einem sentimentalen Gefühl heraus nach einem alten Roman suchte, den sie sechzig Jahre zuvor gerne gelesen hatte. Daß diese alte Frau für das Buch, das weder für einen leidenschaftlichen Literaturliebhaber, noch für einen Sammler einen Wert hat, hundert Mark ausgeben wollte, konnte eventuell ungewöhnlich wirken. So hatte ich zuerst die Befürchtung, daß mein Wunsch wie ein bunter Vogel zwischen anständig aufgereihten Privatanzeigen flattern würde und daß einige Leser mich nur aus Neugierde anrufen würden. Aber als ich andere Anzeigen auf derselben Seite las, merkte ich, wie unauffällig meine war. Eine Frau schrieb zum Beispiel, daß sie für tausend Mark einen Goldfisch, der ihrem verstorbenen Sohn ähnlich sieht, erstehen wolle. Und ein reicher Mann suchte eine Frau, die nur noch ein Ohr hat, um sie zu heiraten. Verglichen damit war es ein relativ bescheidener Wunsch, einen alten Roman für hundert Mark kaufen zu wollen. Genauer gesagt wollte ich nicht eine Romanerzählung, sondern das Buch haben. Der Roman interessierte mich nicht. Ich wollte das Buch besitzen, um die Stimme aus der Kassette hinter dem Gitter der Buchstaben einsperren zu können.

Ein paar Tage später rief mich ein Student an und sagte, er habe zwar das Buch, das ich suche, aber er könne es mir leider nicht verkaufen, weil es mit einer

für ihn sehr bedeutsamen persönlichen Erinnerung verbunden sei. Wenn ich es aber unbedingt sehen wolle, würde er mich mit dem Buch besuchen.
Drei Tage später kam er und brachte das Buch mit. Die Titelseite hatte eine dunkelrote Farbe, die mir bekannt vorkam. Hatte ich nicht früher einen Menschen gekannt, der immer ein ähnlich rotes Hemd trug? Auf der Titelseite war keine Aufschrift zu sehen. Der Besitzer des Buches erklärte mir, der Titel habe wohl auf einem gesonderten Stück Papier gestanden, das sich wahrscheinlich irgendwann vom Buch gelöst habe und dann verlorengegangen sei. Mitten auf die Seite war eine Uhr gezeichnet. Ihr fehlten nicht nur die Zeiger, sondern auch zwei Zahlen: drei und sieben. Das Buch war viel dünner als ich es mir vorgestellt hatte. Wie konnte ein Roman, der nicht enden wollte, in diesem kleinen Buch hausen? Ich erzählte dem Besucher, daß ich seit langer Zeit nach diesem Roman suchte, von dem ich bisher nur den Titel, den Namen der Autorin und den Inhalt kannte. Von den Kassetten erzählte ich ihm nichts. Es wäre schwierig zu erklären gewesen, warum ich den Roman unbedingt als Buch besitzen wollte, wenn ich schon die Kassetten hatte.
Was machen Sie eigentlich in dieser Stadt,
fragte mich der Besitzer des Buches. Ich schaute ihn zum ersten Mal an. Seine Lippen bewegten sich weiter, als er den Satz schon zu Ende gesprochen hatte.
Meistens sitze ich am Fenster und höre der Stimme einer Frau zu.

Als ich das Wort Stimme aussprach, erinnerte ich mich daran, daß ich eigentlich nichts von den Kassetten hatte erzählen wollen. Der Mann fragte aber nicht weiter nach. Stattdessen blickte er auf meine Finger, die zitterten. Ich stellte meine Kaffeetasse, die ich hochzuheben versucht hatte, wieder zurück auf den Tisch.

Sehen Sie, was hier ist?

Er drehte das Buch um und machte mich auf die fettigen Fingerabdrücke auf der Rückseite des Buches aufmerksam.

Das macht mir nichts aus,

antwortete ich, ohne genau zu wissen, warum er mir diese Abdrücke zeigte. Ich öffnete das Buch. Während ich auf die beiden aufgeschlagenen Seiten starrte, konnten meine Augen keinen einzigen Satz lesen. Er fragte weiter:

Haben Sie die Fingerabdrücke gesehen?

Ich schlug das Buch zu, betrachtete die Abdrücke auf der Rückseite und versuchte, etwas Besonderes daran zu entdecken. Der Mann hieß Simon. Ohne daß ich ihn danach gefragt hatte, sagte er mir seinen Namen.

Lesen Sie weiter. Sie wollten doch gerne diesen Roman lesen. Ich kann so lange hier bleiben, bis Sie ihn durchgelesen haben. Nur, wie gesagt, ich kann Ihnen das Buch nicht verkaufen, wegen der Fingerabdrücke.

Ich betrachtete noch einmal die Form der fünf Fingerkuppen, die auf dem dunkelroten Papier zu sehen

waren. Simon lachte und zeigte seine rechte Hand, an der der Mittelfinger fehlte.
Ich habe den Roman gelesen, bevor ich meinen Mittelfinger bei der Arbeit in einer Fabrik verlor. Und das ist das einzige Bildnis, das mein Mittelfinger hinterlassen hat. Ich habe nicht einmal ein Foto von ihm. Deshalb möchte ich das Buch nicht verkaufen.

Ich schlug das Buch wieder auf. Mir schien es, als ob die Stimme leiser wurde, als ich das Buch öffnete. Ich hatte nicht den Mut, Simon zu fragen, ob er das auch wahrnahm. Ich konnte ihn nicht einmal fragen, ob er die Stimme überhaupt hörte. Er saß ruhig da und wiederholte immer wieder:
Sie können das Buch in Ruhe zu Ende lesen. Ich bleibe hier, bis Sie fertig sind.

Es verging eine Stunde, ohne daß ich etwas gelesen hatte. Ich erkannte die einzelnen Buchstaben, aber ich konnte daraus keine Worte bilden, als wäre das Buch in einer mir unbekannten Sprache geschrieben. Es wurde dunkel. Der Abschied von dem Buch fiel mir schwer. Denn jedesmal, wenn ich das Buch aufmachte, verlor die Stimme ihre Kraft. Sollte ich Simon vielleicht bitten, mich jeden Tag mit dem Buch zu besuchen? Irgendwann mußte er schließlich nach Hause gehen.
Obwohl ich das Buch nicht lesen konnte, blätterte ich immer weiter. Ich mußte aufpassen, daß ich nicht zu schnell oder zu langsam blätterte. Sonst hätte Simon

vielleicht gemerkt, daß ich in Wirklichkeit gar nicht las. Simon saß auf einem Küchenstuhl. Manchmal zündete er eine Zigarette an und rauchte sie mit halbgeschlossenen Augen. Er hielt die Zigarette zwischen Daumen und Ringfinger. Dabei streckte er den Zeigefinger in die Höhe, der ohne Sinn in eine Richtung zeigte. Irgendwann ging Simon lautlos zum Sofa hinüber, legte sich hin und schlief ein. Ich zog die Gardinen zu und bedeckte seinen Körper mit einer Wolldecke. Man hörte keine Straßengeräusche mehr. Es war eine Nacht mit grünlichem Vollmond. Nachdem Simon eingeschlafen war, stand ich eine Weile auf dem Balkon und beobachtete den Mond. Die Schatten auf seiner Oberfläche ließen sich weder wie Zahlen noch wie Buchstaben lesen. Sie glichen keinen Zeichen, die ich kannte. Vor einiger Zeit hatte ich gedacht, daß die Kreise des Mondes mein Zeitgefühl bestimmten, aber jetzt war er wie eine Fläche. Durch das Fenster sah ich schon die erste Dämmerung. Ich blätterte weiter in dem Buch und spielte die Rolle einer leidenschaftlichen Romanleserin, obwohl Simon schon längst eingeschlafen war. Er hätte sowieso nicht kontrolliert, ob ich las oder nicht.
Er wollte mir nur eine Chance geben, den Roman mit eigenen Augen zu sehen.
Als Simon aufwachte, mußte ich ihm sagen, daß ich mit der Lektüre des Romans nicht vorankam, weil meine Augen aus den Buchstaben keine Worte machen konnten. Ich wußte nicht, ob Simon mich verstanden hatte oder nicht. Er wiederholte nur, daß er

so lange bei mir bleiben werde, bis ich das Buch zu Ende gelesen hätte. Er blieb den ganzen Tag. Einmal ging er aus dem Haus, ohne mir Bescheid zu sagen, und ich vermutete, daß er nicht zurückkommen würde. Aber nach einer halben Stunde kam er mit einer großen Plastiktüte, aus der er Gemüse, Brot, Käse, Wein und Zigaretten hervorholte. Er blieb auch den nächsten Tag und die Tage danach.

Ich hatte das Buch geöffnet auf den Tisch gelegt. Die Stimme aus dem Recorder wurde jeden Tag schwächer, aber mit der Lektüre kam ich noch immer nicht weiter. Außerdem bekam ich Schmerzen im Unterleib. Ich wußte nicht, ob diese Schmerzen mit dem Verschwinden der Stimme zu tun hatten. Manchmal hoffte ich, Simon würde mit dem Buch meine Wohnung verlassen, damit die Stimme zurückkäme. Genauso oft hoffte ich aber, daß Simon nie fortgehen würde, damit auch das Buch hierbliebe. Dann würden aber auch die Schmerzen im Unterleib nicht verschwinden, und ich müßte vielleicht zum Arzt gehen. Ich dachte, ein Ohrenarzt oder ein Frauenarzt würde möglicherweise irgendeinen Grund für die Schmerzen erfinden können.

# 8

Wo gehen Sie hin?
fragte mich der Nachbar, ohne mich vorher zu begrüßen, als wir uns im Treppenhaus begegneten. Ich wollte kurz zur Apotheke gehen, um mir Schmerztabletten zu holen. Ich war seit einigen Tagen – ich wußte nicht genau wie lange – nicht mehr aus der Wohnung gegangen, denn Simon holte mir alles, was ich brauchte. Die Schmerztabletten wollte ich mir jedoch heimlich holen. Da ich noch nie im Leben Tabletten eingenommen hatte, kam es mir wie ein Verbrechen vor.

Die Frage des Nachbarn klang drohend. Ich konnte sie nicht beantworten. Wir standen eine Zeit lang schweigend im Treppenhaus. Seine Augen waren hinter seiner Sonnenbrille versteckt. Das dunkelrote Hemd kam mir bekannt vor. Nach einer Weile holte er aus der Hosentasche einen kleinen Gegenstand aus Metall und hielt ihn mir vor die Augen. Es war ein Schlüssel. Als ich ihn anfassen wollte, steckte er ihn rasch wieder in die Tasche. Ich ging die Treppe hinunter und hörte, wie er hinter meinem Rücken in einem befehlenden Ton sagte: Sie kommen auf jeden Fall heute abend zu mir. Ich muß mit Ihnen reden. Um sieben Uhr.

Ich hatte lange mit keinem Menschen außer Simon geredet. Das Bedürfnis, eine mir bereits bekannte Person zu besuchen, um die Bekanntschaft zu bestätigen oder eine mir noch unbekannte Person kennenzulernen, war nicht mehr da. Es spielte für mich keine Rolle mehr, ob ich eine bestimmte Person kannte oder nicht. Nur die Autorin des Romans wollte ich noch kennenlernen. Ich suchte nach ihrem Namen im Telefonbuch und stellte fest, daß es dreizehn Frauen gab, die genauso hießen wie sie. Ich hätte alle dreizehn Frauen anrufen und jeder die Frage stellen können, ob sie den Roman geschrieben habe. Die Mühe hätte sich gelohnt, wenn sicher gewesen wäre, daß eine von ihnen die Autorin war. Es war aber eher unwahrscheinlich, daß die Autorin gerade in der Stadt zu finden war, in der ich lebte. Eigentlich wollte ich die Autorin gar nicht kennenlernen. Die Person, die diesen langweiligen Roman geschrieben hatte, interessierte mich nicht. Nur meine Vermutung, daß die Sprecherin des Textes auf den Kassetten die Autorin sein könnte, erregte mein Interesse an ihr. Die einzige Serie von Literaturkassetten, die ich kannte, hieß: „Die Autoren lesen". Auch fand ich das Vorlesen zu unprofessionell für eine entsprechend geschulte Schauspielerin. Die Besitzerin der Stimme beschäftigte mich aber. Ich wollte sie finden, um zu hören, wie die Stimme aus einem Körper kommt, anstatt aus einem elektrischen Gerät.

Ich erzählte Simon weder von meinen Kassetten noch von meinem Nachbarn. Simon hielt mich wahrscheinlich für eine einsame Frau, die keine Freunde in der Stadt hatte und sich nur mit Lesen und Schreiben beschäftigte. In Wirklichkeit war ich zu der Zeit aber weder zum Lesen noch zum Schreiben fähig. Ich saß am Schreibtisch, auf dem ein Buch und ein Stapel Manuskriptpapier lagen, ohne etwas zu tun. Seitdem Simon bei mir wohnte, konnte ich nichts mehr schreiben. Es war ungewöhnlich für mich, so lange nichts geschrieben zu haben. Ab und zu spürte ich deutlich die Lust, einfach Buchstaben auf ein Blatt Papier zu setzen, aber diese Lust verlor sich wieder, wenn ich auf das aufgeschlagene Buch blickte. Ich verlief mich in den Buchstaben wie in einem Wald. Vielleicht brauchte ich die Stimme aus dem Recorder, um wieder schreiben zu können.

Wenn ich nicht am Schreibtisch war, saß ich mit Simon am Fenster und schaute die Menschen an, die am Haus entlanggingen. Die meisten Gesichter interessierten mich nicht, aber einige betrachtete ich genau, weil ich sie mit einer Zahl in Verbindung bringen konnte. Ich sagte zum Beispiel zu Simon, daß ein Junge, der gerade vorüberging, wie Drei aussehe; nicht etwa, weil er mit krummen Rücken lief, so daß seine Wirbelsäule die Form dieser Zahl gebildet hatte; auch nicht, weil er vielleicht in der Schule die Note Drei bekam. Der Mund des Jungen hatte eine Form, als wollte er gerade das Wort „Drei" aussprechen, aber auch das war nicht der Grund.
Ich verriet Simon den Grund nicht. Simon sagte, daß ich die Stadt wie eine Uhr betrachten würde, wohl weil ich mein eigenes Zeitgefühl verloren hätte.

Ich konnte aber immer noch mit der Uhrzeit umgehen, sonst hätte ich es nicht geschafft, genau um sieben Uhr abends bei meinem Nachbarn zu sein. Sie sind pünktlich. Das ist ein gutes Zeichen, sagte der Nachbar und grinste. Er trug das dunkelrote Hemd. Bald verselbständigte sich die Farbe des Wollhemdes und schwebte in meinem Blickfeld hin und her. Ich sah nur noch diese Farbe, und plötzlich fiel mir ein, woher ich sie kannte: Es war die Farbe des Buches, das Simon mir gebracht hatte, die Farbe des Romans.

Der Nachbar bot mir eine Tasse Tee an. Er redete jetzt leise und undeutlich. Der drohende Ton, mit dem er vor ein paar Stunden gesprochen hatte, war verschwunden. Weil ich nicht wußte, was ich sagen sollte, fragte ich ihn nach seinem Beruf. Er blinzelte. Er hatte dieses Mal keine Sonnenbrille auf. Seine Augen waren formlos, sie bestanden aus einem ununterbrochenen Öffnen und Schließen.
Er antwortete, daß er im Moment arbeitslos sei, weil die Firma, die er mit seiner Freundin gegründet hatte, vor kurzem Pleite gemacht habe. Er hätte jetzt aber einen Plan, mit dem er Erfolg haben könne. Das Telefon habe er abgeschafft, damit seine Freundin ihn nicht mehr anrufen könne, denn nichts fände er unerträglicher als ihre Stimme. Nachdem er seine Freundin ausführlich und bösartig beschrieben hatte, fragte er mich plötzlich, ob ich oft meditiere. Ich wurde stutzig und antwortete:

Ja, nein, ich meine, wenn ich ja sage, ist es schon nein.

Damals sprach ich niemals das Wort „Meditation" aus, denn eine Meditation, die als solche bezeichnet, begriffen und vorgeführt wird, war keine Meditation. Ich meditierte nur in einer überfüllten U-Bahn oder in einem Kaufhaus vor einem Grabbeltisch mit Sonderangeboten. Ich meditierte im Stehen und mit offenen Augen. Ich meditierte oft. Der Gedanke, durch Meditation zur Ruhe oder zu sich selbst kommen zu wollen, war mir fremd. Ich geriet vielmehr in den Zustand der Meditation, wenn ich von Menschenmassen oder Bergen von Industrieprodukten fasziniert war. Sie faszinierten mich, weil ich bei ihrem Anblick sicher war, daß ich jederzeit auf sie verzichten konnte.

Ich erzählte dem Nachbarn alles, was mir zur Meditation einfiel. Er setzte sich die Sonnenbrille auf und hörte mir zu. Dabei machte er nicht den Eindruck, daß er mich verstand. Er fragte mich aber auch nichts. Vielleicht war es für ihn nicht so wichtig, was ich sagte. Nach einer Weile fragte er mich, ob ich oft im Schlaf rede.
Woher soll ich das wissen? Ich bin jedenfalls noch nie von meiner Stimme geweckt worden, nur von der Stimme einer anderen Frau. Fragen Sie Simon, ob Sie im Schlaf geredet haben. Vergessen Sie nicht, ihm diese Frage bald zu stellen, denn er kann nicht mehr lange bei Ihnen bleiben. Vielleicht ist es schon zu

spät. Es kann sein, daß er schon nicht mehr da ist. Die Finger des Nachbarn waren knochig und auffallend lang. Das fiel mir auf, als er — nachdem er seinen Tee ausgetrunken hatte — die Hände auf den Tisch legte.
Woher wissen Sie, daß er bei mir war und daß er Simon heißt?
fragte ich und versuchte, dabei keinen Körperteil zu bewegen.

Die Uhr zeigte genau zehn Uhr. Ich fragte den Nachbarn vorsichtig nach seinem Namen, denn er hatte kein Namensschild an der Tür. Mir war bis dahin gar nicht aufgefallen, daß ich seinen Namen nicht kannte. Er sagte, daß er Z heiße und grinste.
So können Sie nicht heißen. Sie wollen mir doch nicht erzählen, daß Ihr Name die Abkürzung von Zehn ist, nur weil es jetzt zehn Uhr ist.
Dann heiße ich anders,
sagte er erschöpft, nannte aber keinen anderen Namen.

Am nächsten Morgen war Z immer noch da. Er hatte ein ganz anderes Gesicht bekommen. Seine Augen hatten jetzt eine klare Form, und er blinzelte nicht mehr so oft. Das Fleisch an seinem Bauch war über Nacht gewachsen. Ich bemerkte, daß ich Angst vor ihm hatte. Als ich ihn fragte, ob er Kaffee trinken wolle oder lieber Tee, antwortete er:
Ich trinke doch nie Tee.

Ich erinnerte mich aber ganz genau, daß er einmal Tee getrunken hatte, denn er hatte versehentlich Salz in den Tee getan. Ich konnte das nur zeitlich nicht mehr einordnen.

Ich ging in die Küche, um Kaffee zu kochen. Ich versuchte, einer unangenehmen Vermutung keine Formulierung zu geben. Dadurch landete ich aber bei der unsinnigen Frage, ob dieser Mann derselbe war wie der, den ich am Tag zuvor besucht hatte. Waren wir nicht gestern zusammen in seiner Wohnung gewesen? Warum waren wir in meiner Wohnung aufgewacht? Wo war Simon? Vielleicht war es nicht wichtig, ob er derselbe Mann wie der von gestern war oder nicht. Ich kannte ihn sowieso kaum. Ich wußte nur, daß er mein Nachbar war und daß er Z genannt werden wollte. Eigentlich kann kein Mensch Z heißen, aber jeder könnte sich so nennen. An diesem Namen konnte man ihn also nicht erkennen. Wo aber war Simon? Und wo war sein Buch? Es lag nicht mehr auf meinem Tisch. Das Wasser kochte im Kessel, den ich in einem Kaufhaus gekauft hatte. Eine Thermoskanne, zwei Töpfe und drei Schöpflöffel, die sich neben dem Kessel befanden, kamen mir in den Sinn. Ich versuchte, aus diesen Gegenständen in meinem Kopf das Bild einer Küche zu malen, in der ich einen bequemen Platz hatte. Aber es gelang mir nicht. Einzelne Gegenstände schwebten ohne Zusammenhang vor meinen Augen. Wozu gab es diese Kanne, diese Schüssel und diese Gabel?

Was war das Runde dort aus Metall und jenes Viereckige aus Holz? Wozu hatte ich sie in diesem Raum zusammengestellt? Ich setzte mich auf den Küchenstuhl, auf dem Simon oft gesessen hatte. Dabei fiel mir das Blumenmuster an der Wand zum ersten Mal sehr unangenehm auf. Seit wann hatte ich dieses Tapetenmuster? Warum hatte ich nie versucht, die Tapete abzureißen? Zu meiner Überraschung hatte der Kessel dasselbe Muster wie die Tapete. Ich schloß daraus, daß beide aus ein und derselben Firma stammten. Wenn ich den Kessel auf dem Flohmarkt neben einem Füller gesehen hätte, dann hätte ich eine andere Verwandtschaft zwischen den Gegenständen sehen können. Ein Kessel und ein Füller haben beide einen Eingang, durch den etwas hinein kann, und – anders als das menschliche Ohr – einen Ausgang, durch den es wieder hinaus kann.
Draußen war es noch dämmrig. Im Licht der Küchenlampe glänzten schwach weiße Kaffeetassen. Ich erinnerte mich, daß in jenem Roman einmal eine Szene wie diese beschrieben worden war, um ein bestimmtes Gefühl einer Person auszudrücken. Ich haßte diese Textstelle. Ich konnte mich aber zum Glück nicht mehr daran erinnern, welches Gefühl dort beschrieben werden sollte.
Sowohl die Stimme des Romans als auch das Buch waren fort. Beide hatten keine Bedeutung mehr für mein Leben, dennoch hatte ich das für mich ungewöhnliche Gefühl, mich ohne sie nicht mehr wohl fühlen zu können.

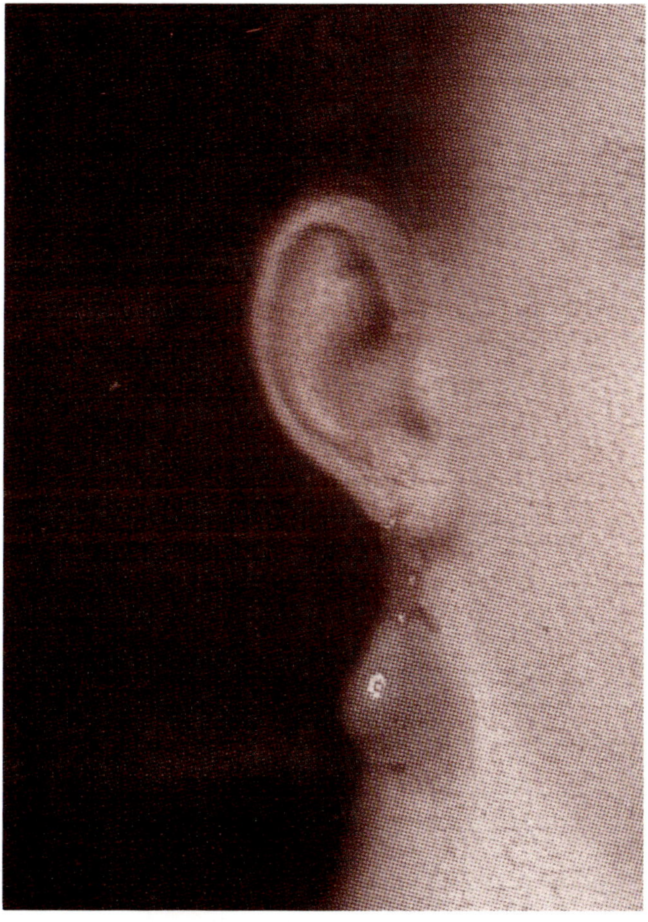

Beim Frühstück sagte mir Z, daß er Martina weiter beobachten wolle. Ich wunderte mich, daß er sie kannte. Er wußte auch, daß ich ihre Schreibmaschine benutzte.
Mich interessiert sie nicht,
sagte ich.
Sie ist aber interessant,
erwiderte er ruhig.
Was ist so Besonderes an ihr?
Meine Stimme war laut. Er grinste mit der einen Seite seines Mundes.
Gar nichts, Sie hat ein Problem, das wahrscheinlich Millionen von Frauen betrifft. Wir müssen uns für solche Probleme interessieren, wenn wir erfolgreich sein wollen.

# 9

Nachmittags um drei verließ Z meine Wohnung. Ich stand mit leeren Händen vor dem Fenster und bemerkte, daß meine Hände etwas brauchten, woran sie sich festhalten konnten. Zum Beispiel die Tasten der Schreibmaschine, ein Buch oder die Hände eines anderen Menschen. Seit dem Tag, an dem Simon mich zum ersten Mal besuchte, hatte ich keinen Buchstaben mehr geschrieben. Ich wollte wieder schreiben, wußte aber nicht, was. Nur meine Finger suchten nach den Tasten.

Ich ging zu Martina, um zu fragen, ob sie mir für eine Weile ihre Schreibmaschine leihen könne.
Mit geröteten Augen machte sie mir die Tür auf und erzählte mir, ein Busfahrer habe sie am Tag zuvor angeschrien. Bis dahin war es ihr relativ gut gegangen. Sie war an dem Tag wie immer mit dem Walkman unterwegs gewesen. Beim Einsteigen in den Bus bemerkte sie, daß der Busfahrer wie ein Goldfisch seinen Mund auf- und zumachte und dabei immer röter wurde. Verwundert setzte sie sich den Kopfhörer ab. In dem Moment sprang ihr eine schneidende Stimme in die Ohren:
Können Sie nicht lesen? Sind Sie Analphabetin?
Martina verstand immer noch nichts. Wenn er gefragt hätte, ob sie nicht hören könnte, hätte sie sofort verstanden, was er meinte. Der Fahrer fragte sie aber, ob sie nicht lesen könne. Da packte eine ältere Frau, die hinter ihr stand, Martina an der Jacke und zog sie aus dem Bus. Sie zeigte ihr mit

dem Zeigefinger ein Schild, das an dem Bus befestigt war.
Ab neunzehn Uhr den Fahrschein zeigen,
las die Frau ihr laut und deutlich wie eine Grundschullehrerin vor. Martina sagte leise:
Ich kann doch selber lesen.
Der Busfahrer wurde dadurch noch wütender:
Alle, die Gesetze überschreiten, sind Analphabeten. Ich meine nicht, daß alle Analphabeten Gesetze überschreiten. Aber auf jeden Fall stehen alle Gesetze irgendwo geschrieben, und...
Nach diesem Ereignis war Martina drei Tage im Bett geblieben, ohne etwas zu essen.
Du solltest auch deine Augen schützen, dann kann dir nichts mehr passieren. Du kannst zum Beispiel immer ein Buch vor dein Gesicht halten,
sagte ich, um Martina zu trösten.
Martina sagte nichts. Nach einer Weile ging sie in die Küche, legte ihre Hände auf den Griff des Kessels und fing an zu weinen. Wenn die Handflächen etwas Warmes berühren, passiert es manchmal, daß das Gefühl schmilzt und aus dem Mund herausquillt. Ich wußte, daß eine ähnliche Szene in dem verschwundenen Roman vorkam. Die Szene handelte von einer Frau, die mehrmals im Roman weinte. Ich war froh, daß ich mich nicht mehr an ihre Lebensgeschichte erinnern konnte.

Ich war vorgestern bei unserem neuen Nachbarn, sagte Martina unvermittelt.

Er sagte, daß er früher Psychologie studiert habe. Vielleicht kann er mir helfen.
Martina putzte ihre Nase und hatte dabei einen Gesichtsausdruck, der einem Lächeln ähnelte. Ich stand auf, weil ich nichts mehr über den Nachbarn hören wollte. Es war mir nicht klar, warum er Martina von seinem Studium erzählt hatte.
Die Schreibmaschine steht da. Du kannst an deinem Roman weiterschreiben,
sagte Martina in einem desinteressierten Ton und zeigte mit ihrem Kinn in eine Richtung, in die ich bereits geblickt hatte. In dem Moment stieg plötzlich Haß gegen das Wort „Roman" in mir auf.
Ich schreibe doch nicht an einem Roman,
sagte ich entsetzt, und Martina blickte mich überrascht an.

Abends begann es zu regnen. Ich saß vor der Schreibmaschine und drückte ununterbrochen die Z-Taste. Mir gefiel die Form dieses Buchstabens nicht, aber meine Finger wollten unbedingt tippen, und da mir kein Satz einfiel, mußte ich immer wieder denselben Buchstaben tippen.
Warum kommst du nicht? Ich habe dir gesagt, du sollst kommen,
sagte ich laut und wußte plötzlich, wem ich das sagte. Simon war weg, und Z war auch nicht in der Wohnung. Es gab nichts, was die Stimme an der Rückkehr hindern konnte. Ich glaubte, daß ich ohne sie nie wieder in der Lage sei, einen Satz zu formulieren.

Z erbrechen
Z eit
Z auber
Ich schrieb den Buchstaben Z getrennt von dem Rest des Wortes. Die Tasten der Schreibmaschine fühlten sich nach und nach leichter an. Ich ließ das Z aus:
erbrechen
eit
auber
Ich  konnte nicht mehr aufhören zu tippen.
eigen
eichen
eiger
usammen
eilen
ug
insen
wingen
wecklos
Ich tippte und tippte und merkte nicht, daß sich die Tür geöffnet hatte. Z stand da und hustete. Als er meine Hände nahm, verloren sie die Lust zu tippen. Heute kann ich aus irgendeinem Grund nichts schreiben,
sagte ich ihm, bevor er etwas gefragt hatte.

# 10

Am nächsten Tag kehrte die Stimme des Romans zu mir zurück.

Ich war wie im Rausch, während ich mit der Schreibmaschine eine unendliche Kette von Z-losen Worten tippte. Danach spannte ich ein neues Blatt Papier ein und schrieb darauf eine Reihe von Z's. Als ich das Blatt zerriß und in den Papierkorb warf, hörte ich hinter meinem Rücken eine weibliche Stimme. Zuerst dachte ich, daß jemand auf der Straße redete. Nach einer Weile wurde mir aber klar, daß diese Stimme die des Romans war, denn ich hörte sie nicht am Trommelfell, sondern an einer Körperstelle, die ich nicht fand. Als ich den Deckel der Schreibmaschine zuklappte, war die Stimme deutlicher zu hören. Ich schlüpfte ins Bett und machte das Licht aus. Dort blieb ich liegen – ich weiß nicht wie lange – und bemerkte nicht, daß die Tür aufging und Z sich neben mein Bett stellte.
Schläfst du?
Die Stimme verschwand, als Z sprach, und mein Gehörsinn beschränkte sich schnell wieder auf das Trommelfell.
Nein, ich schlafe nicht.
Was machst du, wenn du nicht schläfst?
Ich blieb weiter liegen wie ein Stein und antwortete nichts. Ich fürchtete, daß auch Z die Stimme der Frau gehört hatte und mich als Verräterin bezeichnen würde. Aber warum eigentlich? Warum sollte ich nicht jener Stimme zuhören? Z beobachtete mein

Gesicht wie ein Arzt, der ein Zeichen auf der Haut finden wollte. Ich selbst spürte nirgends meinen Körper. Nur die Stimme konnte ich langsam wieder wahrnehmen. Mir war, als würde sich der Raum zusammenziehen, wenn sie schneller sprach. Er dehnte sich wieder aus, wenn sie lauter wurde. Der Raum existierte nur noch in der Stimme, und in dem Raum, den sie gestaltete, konnte ich meinen Körper nicht finden. Er war leer und hatte weder Wände noch Möbel. Er bestand nur aus einer Stimme. Ähnelte dieser Raum nicht der Wohnung, die ich mir gewünscht hatte?

Es verging einige Zeit. Aus dem Schlaf, der keiner war, wachte ich auf und sah, daß ein Wecker und Z in meiner Nähe lagen. Ich hatte die Dinge noch nie so nah gesehen, Z, der kurz darauf auch aufwachte, nahm den Wecker in die Hand und schüttelte ihn wie ein Salzfaß. Dann fragte er mich noch einmal, ob ich schliefe. Als ich Nein sagte, fragte er, warum ich wie ein Stein daliegen würde. Ich setzte mich aufrecht hin und fand meine Arme und meinen Kopf viel schwerer als vorher. Die Stimme hörte ich nur noch in meinem Kopf. Auf dem kleinen Tisch neben dem Bett lag ein Stein. Ich nahm ihn in die Hand und schüttelte ihn ein paarmal, wie man ein Salzfaß schüttelt. Ein seltsames Geräusch kam aus dem Stein. Ist das Innere des Steins hohl? Z stand auf und lief im Zimmer hin und her. Ich sagte zu ihm:

Ich wollte immer ein Stein werden. Außerdem bin ich noch krank.
Z lächelte wie erleichtert. Wahrscheinlich hatte er gedacht, daß ich mich seinetwegen langweilte. Ich war eigentlich nicht krank, aber da ich sonst keinen Stein hätte nachahmen dürfen, beschloß ich, krank zu sein. In diesem Moment fiel mir ein, daß ich sogar wirklich krank sein könnte.
Ich habe Mittelohrentzündung. Ich höre ununterbrochen die Stimme einer Frau, weißt du, das liegt an der Entzündung.
Z grinste, nahm meine Hand und sagte:
Ich weiß. Ich weiß alles. Wir müssen aber sparsam reden und klug handeln. Erzähl' keinem Menschen, daß du krank bist. Nenne deine Krankheit nicht Mittelohrentzündung. Denn „Mittelohrentzündung" klingt lächerlich. Du darfst nichts Lächerliches mehr über dich erzählen. Rede nicht mit anderen Frauen über die Stimme. Wie wir weiter arbeiten, erzähle ich dir nächste Woche. Ich muß eine Woche verreisen, um einige Materialien für das Projekt zu holen. In der Zeit darfst du mit keinem Menschen reden. Warte hier allein, bis ich wiederkomme. Ich habe dir am Anfang schon gesagt, daß ich ein Projekt vorhabe. Und dieses Projekt kann ich nur mit dir verwirklichen.

Am nächsten Tag ging ich in die Stadt, um mir eine Schreibmaschine zu kaufen. Da ich nicht mehr zu Martina gehen konnte, war es notwendig, eine eigene zu haben. Ich mußte bald einen weiteren

Artikel für meine Serie in der japanischen Zeitschrift abgeben. Der Termin näherte sich langsam, und ich hatte das Gefühl, jetzt wieder schreiben zu können. Die Stimme war auch wieder bei mir, seitdem Z meine Wohnung verlassen hatte.

Ich ging in ein großes Kaufhaus in der Stadt. Während ich verschiedene Schreibmaschinenmodelle miteinander verglich und die Prospekte studierte, erinnerte ich mich daran, was Martina zu mir gesagt hatte. Sie glaubte, daß ich an einem Roman schrieb. Der Haß auf das Wort „Roman" stieg wieder in mir hoch. Natürlich ist „Roman" nur eine Produktbezeichnung wie z. B. „Schreibmaschine", und ein Buch muß „Roman" oder „Erzählband" oder „Gedichtband" heißen, denn wenn es sich nicht einordnen läßt, kann man die Auflagenhöhe, die Zielgruppe, die Verkaufsstrategien und den Preis nicht festlegen. Deshalb hat das Wort eine wichtige Bedeutung. Ich hasse es aber.
Wie schön wäre es gewesen, wenn die Stimme nicht zu einem Roman gehört hätte. Ich konnte nicht verstehen, warum sie sich etwas so Langweiliges zum Klangkörper gewählt hatte. Vielleicht war es aber befriedigend für sie, nicht in einem kleinen Text wohnen zu müssen. Die meisten Leser lesen nicht gerne kleine Texte, weil sie wenig Zeit haben. Sie gehen lieber in einem großen Roman spazieren, ohne sich zu verändern. Die kleinen Texte hingegen gehen in ihren Körpern spazieren, und das finden sie eher anstrengend.

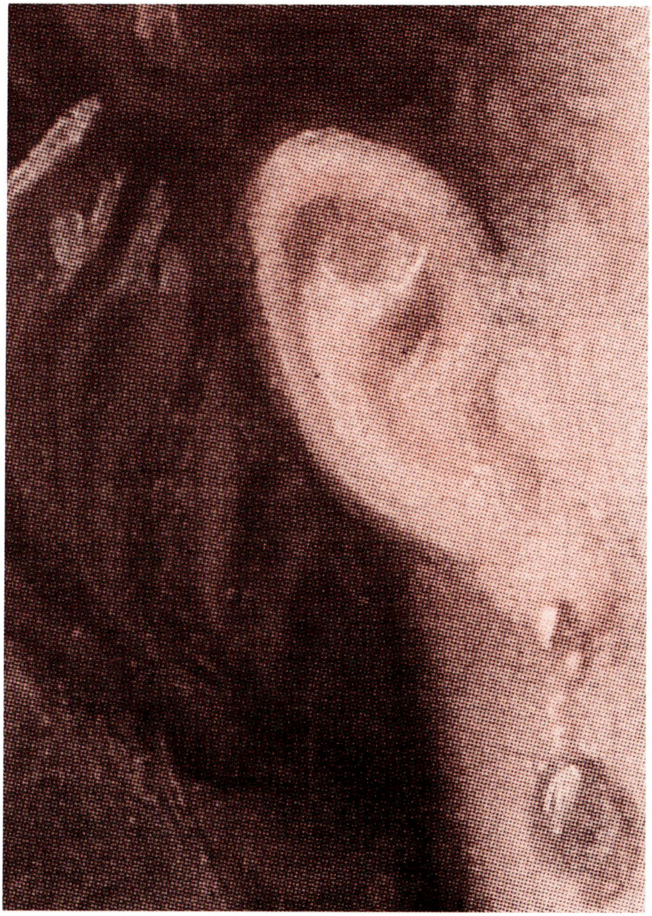

Als ich mit der neuen Schreibmaschine nach Hause kam und anfing zu tippen, gefiel mir plötzlich das Wort „Ethnologie" sehr gut. Es wunderte mich nicht mehr, daß ich kein Interesse an einem Liebesroman oder einem Abenteuerroman hatte. Ich wollte stattdessen kleine Berichte über die Einwohner dieser Stadt schreiben. Und wenn es mir nicht gelingen sollte, so wollte ich nur noch einzelne Buchstaben tippen.
Ich schrieb den Buchstaben Z zehnmal auf ein Blatt Papier und vernichtete es dann. Als ich auf das zweite weiße Blatt starrte, bekam ich das Gefühl, daß ich jetzt etwas schreiben konnte, was ich noch nie in meinem Leben geschrieben hatte.

# 11

Martina saß mit geschlossenen Augen auf dem Fußboden.
Dreimal tief einatmen,
sagte die Stimme von Z. Obwohl Martinas Augen geschlossen waren, konnte man an ihrem Gesicht genau sehen, daß sie seinen Blick suchte. Als er sie ansah, lächelte sie. Ich hatte ihr Gesicht noch nie so strahlen gesehen wie in diesem Augenblick.
Und siebenmal langsam ausatmen.
Die kräftige Stimme von Z drang auch in meine Ohren. Martina atmete nach seinen Angaben ein und aus. Z nahm ihre Arme und bewegte sie langsam zuerst nach links, dann nach rechts und schließlich nach oben. Steif und weich zugleich, wie eine Spielpuppe, nahm sie verschiedene Körperhaltungen an. Sie schien von irgendeiner Idee, von der ich nichts wußte, fest überzeugt zu sein. Nach einer Weile wurde es im Zimmer dunkel. Martinas nackte Arme und ihre Brust leuchteten blaß. Im Hintergrund sah man den Schatten des Vorhangs.
Ich fühle mich besser,
sagte sie. Ich lag wie eine Truhe neben Z. Obwohl Z es mir verboten hatte, beobachtete ich Martina mit leicht geöffneten Augen. Z erklärte ihr etwas mit sanfter Stimme. Martina begann, sich zu bewegen, als ob sie schnell ein viel zu enges Hemd, das an ihrer Haut festklebte und sie einengte, auszog. Sie warf mir die ausgezogene Kleidung zu. In Wirklichkeit hatte sie gar nichts mehr an. Mein liegender

Körper nahm die unsichtbare Bekleidung auf. Es schmerzte mich nicht, es freute mich nicht. Ich blieb so liegen, wie Z es mir zuvor erklärt hatte und versuchte, so wenig wie möglich zu atmen. Es fiel mir nicht schwer, denn ich fühlte mich wie ein Stein.
Das war nicht schlecht,
sagte Z nach seiner ersten Sprechstunde zu mir in einem sachlichen Ton. Ich hatte nicht verstanden, was Z eigentlich mit Martina gemacht hatte und konnte ihn auch nicht danach fragen. Vielleicht wollte ich es auch nicht wissen.
Tags darauf suchte eine Frau, die ich nicht kannte, die Sprechstunde von Z auf. Wegen meiner Körperhaltung war es mir nicht möglich, das Gesicht der Frau zu sehen. Ich bemerkte aber sofort, daß sie den Blick von Z auf ihrem ganzen Körper spürte und ihn genoß wie eine Dusche. Bald fing auch sie an, sich so zu bewegen, wie ich es bereits bei Martina gesehen hatte, als würde sie etwas ausziehen und es mir zuwerfen. Es tat mir nicht weh. Ich hatte nur ein seltsames Gefühl, als ob ich woanders hingeschickt worden wäre, obwohl ich mich noch immer mit der Frau und Z im selben Raum befand. Ich war an diesem anderen Ort nicht einsam, aber allein. Wo ich war, waren zahlreiche Stimmen. Nicht nur die Stimme des Romans, sondern auch viele andere Stimmen umringten meinen Körper. Nachdem die Frau den Raum verlassen hatte, legte Z einen Hundertmarkschein auf meinen Tisch und verließ schweigend meine Wohnung.

Am nächsten Tag kam eine dritte Frau. Sie hatte eine heisere Stimme, die nicht ihre eigene, sondern die einer anderen, alten Frau war. Sie war besessen von dieser fremden Stimme und litt darunter, als wäre sie krank. Es war, als ob sie die Wörter, die sie aussprechen wollte, nicht aneinanderreihen konnte und deshalb sehr schlecht sprach. Kein Wunder, denn wenn eine andere Stimme immer dazwischen redet, vergißt man sofort, wie man den Satz beenden wollte. Als die Frau sich vor Z hinsetzte und die Augen schloß, schaute Z sie so lange an, bis ihr Gesichtsausdruck schmolz. Es wurde merkwürdig still. Dann zog sie etwas Unsichtbares aus und warf es auf meinen Körper. Nach einer Stunde bekam die Frau eine hohe, klare Stimme, die bei mir sofort Mitleid hervorrief.
Ein schöner Stein,
sagte sie beim Gehen zu Z und meinte mich damit. Es war schon lange mein Traum gewesen, ein Stein zu werden.

Eines Tages kam Rosa in die Sprechstunde. Ich wußte nicht, auf welche Weise Z Reklame für seine Arbeit machte. Es kamen Frauen, die ich kannte und auch solche, die ich nicht kannte. Aber keine erkannte mich wieder, weil ich mein Gesicht mit einer hellgrauen, betonartigen Farbe dick übermalt hatte.
Die Nase und der Mund sahen aus wie zwei Hügel, und die Augen wurden zu zwei Löchern. Auf die Wangen schrieb Z die Zahlen drei und sieben. Die Frauen blickten meistens am Anfang ganz kurz in

mein Gesicht und taten so, als hätten sie nichts gesehen.

Das sieht aus wie eine Uhr aus Stein, sagte Rosa, als sie mich sah.
Als ich sie am nächsten Tag beim Bäcker traf, grüßte sie mich freundlich und erzählte mir, daß ihre Halsschmerzen verschwunden seien, seitdem sie zur Meditation ginge. Ich war von dem Wort Meditation so überrascht, daß ich darauf nichts antworten konnte.
Außerdem kann ich gut schlafen, seitdem ich meditiere. Früher hörte ich die ganze Nacht eine bohrende Stimme in meinem Traum. Sie ist jetzt weg, und ich bin zu meinem Selbst zurückgekehrt.
Am nächsten Tag sprach ich Z darauf an und bat ihn, solche Ausdrücke nicht zu benutzen.
Warum benutzt du solche Wörter?
Welche Wörter meinst du?
Meditation zum Beispiel.
Was ist schlecht an diesem Wort?
Bekommst du keine Gänsehaut auf den Lippen, wenn du es aussprichst? Ich meine nicht, daß Meditation schlecht wäre, aber das Wort…
Z hörte mir nicht zu. Er war überzeugt, die Frauen von schlaflosen Nächten und von Krankheiten erlösen zu können. Er meinte, genau zu wissen, mit welchen Mitteln und mit welcher Sprache er sein Ziel erreichen konnte.

# 12

Tag für Tag kamen mehr Frauen zur Sprechstunde. Fast jeden Tag mußte ich mich neben Z hinlegen und zwei bis drei Stunden lang bewegungslos liegenbleiben. Dabei versuchte ich, der Stimme von Z nicht zuzuhören. Trotzdem sprangen ab und zu ein Satz oder mehrere Sätze in meine Ohren. Dann konnte ich meinen Körper nicht mehr stillhalten. Die Finger klopften leise auf den Fußboden, oder der Bauch wackelte. Z schien nicht gemerkt zu haben, daß mir seine Sätze nicht gefielen. Z gewann sofort Macht über jede Frau. Eine Mischung aus Angst und Respekt überfiel die Frauen, wenn Z mit ihnen sprach oder sie schweigend anstarrte. Am Anfang zeigten die Frauen nicht, daß sie merkwürdig erschüttert waren. Sie saßen mit einem ablehnenden Gesichtsausdruck da, bis die Angst ausbrach. Nachdem sie zitternd und manchmal sogar heulend etwas erzählt hatten, wurden sie ruhiger. Das Fleisch in ihrem Gesicht blieb aber weiterhin steif. Ich habe nie jemanden bei Z lachen gehört.

Eimal konnte ich es nicht mehr aushalten. Ich begann leise, aber deutlich zu lachen, als Z zu einer Frau sagte, daß er sie befreien könne, indem er die Stimme der Mutter töte. Diese Stimme wohne im Körper der Frau und fresse ihre Kraft auf. Als die Frau gehorsam nickte, mußte ich lachen. Wut und Lust lösten meine Bauchmuskeln aus der Versteinerung. Dann mußte ich sprechen, um die Angst, die plötzlich da war, zu bekämpfen.

Ich würde nicht die Stimme der Mutter töten.
Ich würde mit ihr schlafen. Das wäre die schönste Form des Inzests.
Die Frau blickte mich erschrocken an, als hätte sie einen sprechenden Stein gesehen. Z schaltete sofort den Kassettenrecorder an. Eine Meditationsmusik löschte die Disharmonie, die ich in der Luft verbreitet hatte.
Nachdem die Frau uns verlassen hatte, bot Z mir an, mir in Zukunft nicht mehr wie bisher einhundert Mark, sondern zweihundert Mark pro Tag zu zahlen. Anscheinend verstand er mein Lachen als Erpressung.
Aber wieso brauchst du mich? Du kannst dein Spiel allein weiter spielen. Ich steige aus,
antwortete ich schnell, noch bevor ich anfing, über das Geld nachzudenken.
Nein, ich kann es nicht allein. Ich brauche einen Körper für die überflüssig gewordenen Stimmen, sonst funktioniert die Therapie nicht,
erwiderte er.
Ich bin doch kein Mülleimer.
Für dich sind die Stimmen aber doch kein Müll, wenn ich dich richtig verstehe.
Ich schwieg.
Geld zu verdienen und dabei Frauen zu helfen, das ist doch keine schlechte Tätigkeit, oder?
sagte er sanft und legte seine Hand auf meine.

Es war für mich ein ganz neuer Gedanke, Frauen helfen zu wollen. Ich konnte nicht erklären, warum

dieser Gedanke mir absurd vorkam. Außerdem war ich nicht sicher, ob die Frauen sich nach der Sprechstunde besser fühlten. Die meisten behaupteten zwar, daß die Stunde ihnen gut getan habe, aber in meinen Augen sahen sie aus, als hätte Z ihnen einen Knochen gebrochen.
Dieser Knochen kann ein unwichtiger, ganz kleiner Knochen sein, vielleicht ist er so klein, daß niemand von ihm weiß. Sein Ort und seine Funktion sind möglicherweise unbekannt, und keiner sucht ihn. Dennoch ist es nicht zu übersehen, wenn er gebrochen ist.
Ich sehe sogar tagsüber auf der Straße manchmal eine Frau mit einem gebrochenen Knochen entlanggehen. Sie kann gut angezogen oder dick geschminkt sein, sie kann fröhlich sein, sie kann im Schutzpanzer eines Autos sitzen, ich sehe trotzdem, daß der gewisse Knochen bei ihr gebrochen ist. Das bedeutet aber nicht unbedingt, daß sie von Z behandelt worden ist. Dafür sehe ich zu oft Frauen mit einem gebrochenen Knochen. Es muß noch viel mehr Menschen geben, die sich mit der gleichen Tätigkeit beschäftigen wie Z. Ich weiß aber bis heute nicht genau, was seine Tätigkeit ist. Er spricht mit Frauen, oder er starrt sie schweigend an. Mehr kann ich nicht erkennen.
Wenn ich nachts aufwache, habe ich oft das Bedürfnis, etwas aufzuschreiben. Ich setze mich dann an den Schreibtisch und halte meine Finger über die Schreibmaschine so lange, bis ich mich an das klappernde Geräusch erinnern kann, das ich von früher kenne. Es ist mir nicht mehr möglich, etwas über ein

Thema zu schreiben. Oft fällt es mir sogar schwer, zusammenhängende Sätze aneinanderzureihen. Wenn ich nicht einmal einen Satz zu Ende schreiben kann, so tippe ich nur Worte, die mir spontan einfallen. Ich schreibe sie mit falschen Trennungen:

Nütz z lichkeit
Kot z en
Stür z en

Wenn ich aber am nächsten Tag wieder auf dasselbe Blatt schaue, finde ich nur eine Reihe von bedeutungslosen Worten und weiß gar nicht mehr, was ich hatte notieren wollen. Die gebrochenen Worte zu schreiben – das ist die einzige Tätigkeit, die mich beruhigt. Ich nehme dann das voll beschriebene Blatt Papier befriedigt in die Hand, als hätte ich etwas Wichtiges notiert.

Schmut z ig
Wur z eln
Schwit z en
Her z schlag
Kreu z
Ar z t
Schmer z tabletten
Blit z schlag
Net z haut
Z erplat z en